Souzinin no Takami 2 After school Heroes
Suruga Kawahara

掃除人のタカミ 2
After school Heroes

河 原 駿 河

文芸社

目次

◆主な登場人物

倉原（くらはら）タカミ　浄霊をする「掃除人」の五代目にあたる高校生。

灰嶋（はいじま）　タカミの親友であり理解者。掃除人見習い。

誉田別尊（ほんだわけるのみこと）　逢ヶ森八幡神社の主。狩衣、直垂、烏帽子といった陰陽師のような格好をしている。

大国主神（おおくにぬしのかみ）　誉田の協力者兼、タカミたちの目付役。

倉原高穂（くらはらたかほ）　タカミの祖父。掃除人の掟を破り非業の死を遂げた。

倉原志高（くらはらしだか）　タカミの父。掃除人の四代目。

天野（あまの）　律（りつ）　灰嶋の彼女。掃除人。

成本（なりもと）　小学校時代のタカミと灰嶋の先輩。いじめっ子。

吉野（よしの）　灰嶋の小学校時代の親友。

春川（はるかわ）　工場の男。幼い灰嶋の話し相手。

成瀬七海（なるせななみ）　逢ヶ森八幡神社の神主の娘。小学校時代に行方不明になった。今もまだ見つかっていない。

◆あらすじ

掃除人とは浄霊する人間のことを指し、浄霊とは死者の声に耳を傾け、あるべき場所に還す仕事のことである。

主人公は浄霊家業の家に生まれながらも霊の存在を否定し、本人も跡を継ぐことを否定して生きてきた高校生、倉原（くらはら）タカミ。掃除人の五代目といえど、霊感も霊能力も持ち合わせておらず受け継ぐ気はさらさらない。幼馴染の七海が行方不明になった事や凄惨な祖父の死を理由に、頑なに掃除人の仕事を拒否し、至る所に現れる死者に対しては徹底的な無関心を貫いてきた。

しかし、七海の実家「逢ヶ森八幡神社」の〝譽田（ほむた）〟という奇妙な神様がタカミに半ば無理矢理に「霊が視える」能力を授け、タカミは灰嶋や天野たちと一緒に「掃除人」の世界に足を踏み入れていくことになる。

彼らの初仕事は、何人もの人間を惨殺し悪霊化した城の女主人と城内に取り残された死者の掃除である。危険な罠を掻い潜り、他の案内人たちや親友の手を借りて最終的には女王を説き伏せ掃除することに成功する。

タカミは囚われた死者たちを無事に天国へ送り届ける最中、今度は案内人となった「因縁の祖父」と再会を果たすことになった。

掃除人のタカミ2　After school Heroes

プロローグ　ブレーキ

夜の十二時を過ぎたころだ。

激しく雨が降っていた。時折風が強く吹きつけるたび、雨粒はバチバチと小さな車体を叩きつける。雨音が変化したのがはっきりと分かった。


男はハンドルを握りながら人差し指と中指で挟んだタバコを見つめた後、バックミラーに映った自分の顔を見た。刈り上げた短い髪に幅広のいかつい顔が映り込んでいる。少々疲れてはいるが二十代相応の顔だ。その男がこちらを鏡の中から見返している。

男はこめかみ辺りから左の眉毛の少し上に残った傷跡を撫でた。鏡に映った男も同じように傷跡を撫でている。

美形ではないことは自覚している。昔の、小学校にいた鼻持ちならない人間に傷をつけられたのだ。大きく振り上げたモップが自分の額へまっすぐ振り下ろされたことはいまでも覚えている。

しばらくは腹立たしく思ったが傷跡がきっかけで大切な人ができた。いまとなってはアイツに少しだけ感謝している。傷をつけてくれてありがとう。なんつって。

窓を開けて灰を落としたいが、この雨で窓は開けられない。信号が黄色から赤色に切り替わったのに気づき、ブレーキをかける。信号に視線を向けた時、閃光のような雷が空を走り抜けていった。

タバコに火をつけた時はこんなにも空模様が急変するとは思わなかった。車載用の灰皿もない。生憎これは連れの車だ。

彼女はきっと顔を赤信号のように真っ赤にして怒るだろう。

一度「吸ってみないか?」と勧めたが、咥えた途端に激しく咳き込んで「不味い」と舌を出した。それ以降喫煙に関して厳しくなってしまった。

身体に悪いと彼女は抗議するが、やめられない。子供ができたらやめると言ったら唇を尖らせて向こうを向いてしまった。

舌打ちし、ほんの数センチくらい開けて灰を落とす。わずかに吹き込んできた雨粒に顔をしかめた時、後ろからクラクションの音が飛び込んできた。

顔を上げると信号が青に切り替わっている。おっと。慌ててアクセルを踏み込んだ。ゆるゆるとスピードを上げると、周りの景色が後ろに流されていった。

いま彼女は寝ているだろうか。最近はこうして深夜帯に帰ることが多くなってしまった。いまならまだギリギリ起きているかもしれない。

その時前方から作業着を着た中年の男がよろよろと車道に出てきたのが見えた。

何か様子がおかしい。何か変だ。これはマズイと気づき、ブレーキを慌てて踏んだ時、車体が横滑りし、電柱が眼前に迫ってくるのが見えた。身体が反応する間もなくけたたましい轟音が響いた。

01　厄介者

うだるような暑さの教室の中、灰嶋（はいじま）が頭を掻きむしりながら英語の問題用紙を睨みつけていた。肘の下がじわじわと汗ばむ。灰嶋の額から汗が流れ、机に落ちたのが見えた。配られた問題用紙が汗を吸い込み波打っている。

正直なところ補講だとか時間のムダだと思う。特に夏場は。ただでさえ暑くて判断能力が鈍っているのにこれ以上頭に何が入るのだろうか。

夏休み前の期末考査でめでたく赤点を取った僕らは、他の補講組と一緒に補講に駆り出されていた。面倒な人間もろとも、なんらかの奇跡が起きて、補講と学校が潰れざるをえない状況にならねぇかな。

答案用紙が八割ほど埋まると窓の外を見やる。人がいない校庭は日の光を受けて眩しく白く見えた。視線を答案用紙に移し、残りの解答欄を埋めようとした時、不意に風が吹いた。

「勉学に励む若人か。学び舎というのも、こうしてみるとなかなか良きものじゃの」

誉田（ほんだ）。

誉田は音もなく滑り込むように横に立つと、僕と灰嶋の机を交互に覗き込みながら言った。当然ながら教官も他の生徒も気づかない。僕と灰嶋だけが視える存在。厄介な神様。

　無視して答案用紙を埋めにかかる。

　隣の灰嶋が誉田に気づくと、「おっさん」と言いかけて慌てて口を抑えた。テキストを読んでいた教官の後藤が訝しげに灰嶋を見た。灰嶋が小さく「やべぇ」とつぶやくと問題用紙に意識を戻した。

　僕は残りの空欄を埋める。全て埋めてざっと確認すると問題用紙の隅に書き込み、トントンと机を叩いて誉田に見せた。

〝いったい何しに来たんだよ〟

　誉田は眉をしかめて文字を確認するとニヤッと笑ってこう言った。

「掃除人の勧誘じゃ」

〝頼むから帰ってくれ〟

　すぐ下に急いで書き込んでトントンとペン先で机を叩いた。

「それが神にモノを頼む態度かの？」

〝帰ってください〟

〝もう全部終わった〟

「終わってなどいない。仕事は始まったばかりじゃ。まだまだあるでの」

〝掃除人は継がない。**絶対に嫌だ**〟

「絶対に」の部分に二重線を力強く引いた。

僕の知る限り、掃除人の末路はあまり良いものではない。それは祖父に限った話ではなく、かつての掃除人の話を聞く限り。

死ぬこと自体の良い悪いの話は別にして、掃除人は家族に看取られて穏やかに死ぬことがあまりない。頭がおかしくなるやつや祖父の高穂のような死に方が多い。

掃除人の死は失敗を意味する。そして、仕事は失敗するまで続く。死ぬまで終わらない。いずれ必ず掃除人は敗北者になる。

僕は名を知らない誰かのためにリスクを背負いたくない。誰かのために自分を犠牲にして不幸にはなりたくない。

誉田はちらっと見やると何も反応せず僕の机から離れ、教室のあちこちを見て回った。

「なるほど学び舎か……学校も良いのう」

「やめ」の合図で僕らから汗でしわしわになった答案用紙が回収される。

「問題用紙も後ろから回せ」と後藤が指示したのを受けて、急いで問題用紙の隅に書いた「独り言」を消しにかかった。力が入りすぎたせいか消しゴムに引っ張られて問題用紙が破れた。素知らぬ顔をつくり、後ろから回された問題用紙に滑り込ませ前の生徒に渡した。

隣を見ると灰嶋が死んだような顔をして手を合わせて力なくつぶやいた。

「あーヤバいわ。ヤバいヤバい。終わった。ダメかもしれない。死ぬ死ぬ死ぬ死ぬ。死ぬかも」

「死にはしないさ」僕は言った。「赤点ごときで」。

椅子から立ち上がって伸びをした時、脇腹や右肩が引きつった。前の浄霊で傷ついた部分がまだしつこく非日常に引きずり込もうとしている。

死ぬかもしれない瞬間。あの女王が突き刺したナイフの感触が引きずり出される。

人を助けて危うく死にかけたなんて、あの祖父が見たらきっと下卑た顔をして大笑いするだろう。

〝えぇ？　死人を助けてお前が死にかけたって？　はっ、バカヤロ。とんだお間抜けだな！　掃除人ってのは人の不幸にたかってナンボなんだよ。謳歌したモン勝ちだよ人生ってのは〟

思い出しかけた祖父を押し込めようとしたが、祖父はかまわずしゃべり続けた。

〝俺たちは他人の不幸で飯を食っているのさ。掃除人にならずとも、お前もいつか俺のように他人の不幸でメシを食うようになるね〟

うるさい、黙ってろ。かまわず祖父が耳元でしゃべりだす。

〝おい、そこの馬鹿。良いか？　よく聞け。

俺たち掃除人を頼ってくる連中はな、俺たちをハナから馬鹿にして生きてきた連中なんだ。やれ幽霊はいないだの死んだら何もないだの。神も仏も信用なんかしちゃいない。

あれだけ胸張って生きてきた連中が、いざ自分が死んだら蔑んでた俺たちに泣いてすがるのさ。そういうヤツに限ってな。揃いも揃って都合のいい連中だよ。

そんな勝手な相手に命かけて商売してるんだ。金だってこれぐらい安いもんよ。惨めな連中を見ながら飲む酒はまったく旨いね。間違いなく極上さ〟


机の上に散らばった筆記用具をまとめながら、最近新しく調達した腕時計を確認した。時刻は十一時半を過ぎている。これなら急げば十一時台の電車に間に合うかもしれない。筆箱を乱暴に鞄に突っ込み、灰嶋の肩をつつく。

「走れば十一時台の電車に間に合うかもしれない。帰ろう」

「えー、この灼熱の中走るの？　イヤよ、アタシ走りたくないわ」

灰嶋は身体をくねらせて僕を睨んだ。

「アタシにアイス奢りなさいよ」

「なんでだよ」

「アタシを走らせるには、アイスが必要なの」

「いいけど悠長にアイスなんか食ってたら乗り遅れるだろ」

「イヤよ！　女子には潤いと糖分が必要なの！」

「お前はいつの間に性転換したんだよ」

僕は無事なほうの肩に鞄をかけ、スタスタと出入り口に向かった。隣で誉田と灰嶋が目配せし
僕を見た。

「……なんだよ」

「なんでもねーし」

むっとした表情で灰嶋を見つめた。

昇降口を出た後すぐに灰嶋が人気（ひとけ）のない校舎の裏へ行こうとしたのが見えた。誉田が当然のように灰嶋の後にくっついてのそのそと歩いている。待て、駅はそっちじゃない。

「灰嶋、どこに行くつもりだ。方向が違う」

「いんや、合ってるね」

急いで灰嶋と誉田の後を追いかけ校舎の陰に回り込んだ時、強烈な風が吹いた。しばらくして風が収まり目を開けると、あの大きな龍がいる。誉田が乗り回している大きな龍だ。灰嶋と誉田が勝ち誇った顔で跨りこちらを見下ろした。僕も続いて跨ろうとした時、灰嶋が制した。

「なんだよ」

「悪いけど『掃除人見習い特権』なんだ」

「『絶対に』継がないのじゃろ？」

誉田が腕を組みニヤリと笑って続ける。

「いまなら発言の撤回は認めようぞ」

「おい、アンタ汚ねぇぞ！　なんだよコレ」

こうしている間にもじわじわと額に汗が滲む。

「掃除人になるのかならないのか、はっきり申せ！」

「はっ、なるわけねぇだろ！」

「だってさ」

灰嶋がそう告げ、肩をすくめると誉田をちらっと見やった。誉田は首を振り、灰嶋を見て肩をすくめた。

「では、またの」

まったりとした声で誉田が告げると、ぶるぶると青龍が身震いし、誉田と灰嶋を乗せて青い空に溶けていった。

ああ、くそ。まったく。

暑い。
クソ暑い。

焼けた鉄板のようなコンクリートの上に自分の汗が二、三滴落ちた。灰嶋はもう家に着いただろうか。もしかしたらすでにクーラーの効いたリビングで腰を落ち着けて涼んでいるのかもしれない。大きく息をつき、額から流れた汗を乱暴に拭った。鞄に手を突っ込み朝買ったミネラルウォーターが入ったペットボトルを探した。

その時、小さなプラスチックケースが指先に当たって、小さな音を立てた。鞄の底にあったのにいつのまにか教科書の上にせり出したようだ。

鞄にしまった小さな長方形の薬ケースをくるくると指で回しながら眺める。前回の掃除の時の桃久丸が一つカラカラと音を立てる。

死者に触れることができる薬だ。

これがあれば死者に触れることができる。

これがあれば死者の手を振り払うことができる。これがあれば……あの祖父を殴り倒すことができる。もし会うことがあれば……もしかしたら……。

いまここで別の死人を振り払うのに丸薬を使うことはしない。一つしかないし誉田にバレたらまずい。使いどころと引き際は決して間違えない。これは僕の父、志高のためのものだ。祖父のためのものだ。そして僕のためのものだ。これは誰かのためには使わない。

灰嶋や天野は本気で掃除人をするつもりなのだろうか。

灰嶋はともかく天野は抜けられるような気がする。誉田が古城での一ヶ月前の掃除に巻き込んだのも一時的な関係だし、それ以上の理由はないだろう。

取引をした灰嶋はともかく、天野はまだ引き返すチャンスがある。一度連絡を取って改めて説得しよう。

鞄の中から探り当てたミネラルウォーターを取り出し口に含むと、ちらっと時計に目をやった。このままのろのろと歩いたって十一時台の電車には間に合いそうにはない。ペットボトルの残りを全て口に流し込んで乱暴に潰した。

全速力で走れば乗れなくもないが、灰嶋の言う通り一度購買かコンビニに寄るかして時間を潰して帰るほうが賢明だったのかもしれない。次の電車は三十分後だ。

それまで商店街そばのコンビニで暑さをしのごうと別方向へ歩みを進める。脳裏に勝ち誇った灰嶋の顔が浮かんだが丁寧に閉め出して息を深く吐いた。

一応この先にある通学路のそばの病院の中にもコンビニは併設されている。が、案内人に「掃除」の仕事を押しつけられそうで病院の中に足を踏み入れる気にはなれなかった。


案内人。

死者にとっての最も身近な味方であり、掃除人の仕事の紹介者であり、僕個人にとっての厄介者。それが「案内人」だ。案内人は浄霊できる人間に死者を託すことが多い。僕個人としての認識では、黒い羽織を着た案内人は敵だ。

亡くなって間もない死者はなんとかしてほしいと自発的に憑いていく他に、案内人から掃除人へ「紹介」されることがある。

視えるということが判明して以降、案内人たちは僕になんの断りもなく死者を押しつけるようになってしまった。まあ、以前からも断りなんかなかったけど。

なぜ死者や案内人が灰嶋や天野ではなく僕に集まるのか。それは灰嶋たちがまだ掃除人を始めた（いずれ辞めさせるが）ばかりで、彼らだけで浄霊させるのは難しいから。

それに加えて父親が経験を積んだ掃除人（ベテラン）だから何かしらのフォローが入るであろうと見込まれて、僕に面倒な死者を託すのだろう。

ムダに強面の父親には案内人も話しかけづらいらしい。案内人にすれば僕がいちばん頼みやすいのかもしれない。はっ、親子関係があまり良くないのに、軽く託してくれるよな。

ここ最近の話だ。飛び降りで半身が潰れた女と案内人に会った。担当しているであろう髭面の案内人が僕を指差して女に耳打ちしたのが視える。顔を逸らしてかかわりがないように引き返そうとしたが、もうすでに女が僕の肩に手をかけていた。その瞬間あちこちに激痛が走り、僕は倒れ込んだ。

呼吸を整え、やっとこさ顔を上げる。案内人と視線が合うと、彼は両手を合わせて「よろしく」と声は出さずに口だけ大きく動かした。こちらを見て申し訳なさそうな表情をしながら、へらっと笑った。

皆は髭面の男の顔でやる気を出せるのだろうか？　僕は出せないね。

はっ!?　マジでふざけんな、ぶっ殺すぞ。何が楽しくてなんの面識もない半身潰れた女の苦しみを背負わなきゃいけないんだ。何回だって言ってやるさ。僕は人助けなんかしないっつの。

死者が僕に助けを求めようとしている時、いつも思うことがある。

正直かかわりたくないと。どうしようもなく心が狭いことは十分に分かっている。余裕がない時に頼られると、どうしても横っ面をぶん殴りたくなる時がある。相手に悪気がいっさいないことも理解している。

可哀想なやつだから許せってか？

だけど生きている人間に怪我をさせたりだとか、道連れにしていくのを目の当たりにしてきた祓い屋の息子から見れば怒りを抑えきれなくなる。

困っている人間に対して手を上げるなんてどうかしてる。でも、たまに考えることをやめられない。

「ギリギリ生きてる人間を巻き込むなよ、邪魔だ！　どけ！　クソが！」「いや、相手は、傷ついて困り果てた人間だぞ。やめろやめろ、手を上げるなんて正気じゃない。どうかしている」「でも、大抵はいい年した大人だろ？　自分の感情の制御ぐらいきちんとしとけよ」。矛盾した考えがあっちこっちと忙しなく走り回っている。

「僕にいっさい近づくな」と言い放って、肩にそっと置かれた手を乱暴に振り払いたくなる。静かに立ち去り無関係な人間として生きる。それをどれほど願ったか。こういうことを人に話すと、無責任な有象無象どもから非難を浴びる。

「助けられる力があるのに、どうして助けないいんだ」と。

はっ、なんで助けたくないか答えてやるよ。

生前、人の悪口ばっかり言ってきたから、成仏したら裁かれるのではないかと怯えるクソババア。

人の都合をまったく考えず、自分が寂しいからと次々と生きている他人を事故や病死に巻き込む、しわくちゃの爺さん。

自分の人生がクソすぎて自殺した挙げ句、その腹いせに明確な悪意を持って無関係の人を脅かす中年の男。

わざわざ労力と善意をすり減らして助けたいと思うか？

大方不運な事故死や病死を除いて、そこいら辺を彷徨っているやつは何かしら問題を抱えている。こいつらを天国へだって？　いままで真っ当に生きて真っ当に死んだ人たちと同じように丁重に扱えだって？


…………は？

は？

は？　はぁ？　ふざけやがって。


精神力や体力、善意を犠牲にしてまで助ける意味ないんじゃないか？

とにかく知れば知るほど、亡くなった人間も、掃除人のことも嫌になるんだよ。

無責任に善意を強要する有象無象ども。

お前らが死んだ時、絶対に掃除してやらないからな。ずっと一人で彷徨ってろ、クソったれども。

顔を上げると辺りの建物がなんとなくぼやけて見える。あまりの暑さで頭が朦朧としているのかもしれない。わずか五十メートル先のコンビニにですら蜃気楼で地面から数センチ浮いているように見える。心なしか目も霞んできた。

不意に生温い風が吹いた。同時にかすかに線香の香りが混じっているのに気がつく。

辺りを見回すと目的地手前の道路そばの電柱、その傍らにいくつかの花束、それと缶ビールやお菓子が供えてあった。

花は暑さで萎れかかってはいるものの、手入れがされているように見える。つい最近供えられたばかりだろう。その花束の前に呆然と佇む男がいた。身体が大きく浅黒い肌をしていたが、全体的に灰色がかっている。

死者だ。死人だ。

たぶん事故か何かで亡くなったんだろう。

そばには黒い羽織を羽織ったお馴染みの案内人が立っていた。髪が肩につくかつかないかくらいの色白で小柄な女性だ。キョロキョロと落ち着きなく辺りを見回している。

——やっぱりコンビニはやめにしようか。

まさかこんなところで案内人に遭遇するとは思わなかった。——……マジか。しかし灼熱の駅で待ち続ける気力はない。

その場から動くこともできずコンビニ手前の角でしばらくじっとしていると、いつのまにか案内人の姿は視えなくなっていた。これならいけるかもしれない。ほっと胸をなでおろした。ラッキー。

平静を装い、佇む男の横を走って通り過ぎようとした時、血を流す身体よりも顔の古傷が目にとまった。

「アイツは基本的に上から目線だぜ」

灰嶋は冷蔵庫の中を物色しながら後ろのテーブルに座る男に話しかけた。

なんでもかんでも否定から入るのは嫌われるよな。

そう言いつつ麦茶を氷が入った二つのコップに注ぎ、片方を誉田のコースターの上に置いた。

こうしてまじまじと見ると誉田のおっさんはタカミが言っていたように、うちの学年主任にしか見えない。なんだか家庭訪問されているような気分だ。もしかしたら本当に学年主任の本田と同じDNAがあるのかも。

訝しげにこちらをじっと観察する誉田と目が合い、慌てて目を逸らした。やべー。

「で、おっさんはオレに何をさせたいんだよ?」

「灰嶋。ちょいと相談じゃ」

誉田はちょいと失礼と言いつつコップを手に持ち、クピクピと麦茶を飲んだ。

こうして実態を伴っているとなんだか不思議だ。普通の「視えない人」からすればオレたちはどう映っているんだろう。コップだけが宙に浮いていているように見えていたりして。そしてオレは一人で会話をしている奇人に見えるかもしれない。

誉田をこうして家に呼んで会話できるのは幸運だ。両親が海外にいて良かった。ちょうど妹が出払ってて良かった。全ての奇跡に感謝。アーメン。

誉田が麦茶を半分ほど飲み終えたところでコップを置いて長い息をついた。

冷えた麦茶は夏の定番だ。朝からオレが拘りを持って準備したベストな麦茶だ。滅多に人を褒めることがないタカミでさえウマイと言わせたのだ。不味いはずがない。

誉田の「ウマイ!」という顔を確認すると自分も麦茶を流し込んだ。香ばしい香りが鼻腔を満たし、火照った喉を通り抜けていった。

「タカミはなぜあそこまで掃除人を嫌うんじゃ?」

「うーん、掃除人ていうよりタカミのじいちゃんを嫌っていたな」

以前のタカミは殺人も犯しかねない目をしていた。実際あのじいちゃんがタカミを蹴り飛ばしているところを見たことがある。何かを捲し立てる老人と、よろよろと立ち上がり口や鼻から血を垂らしながら睨みつけるタカミは、そうそう忘れられる光景ではない。

もしかしたら掃除人の仕事を嫌がるタカミに強引に教えていたのかもしれない。命にかかわることだから分からなくもないが、困ったことにいろいろ過激だったんだな、あのじいちゃんは。

「まぁ、掃除人も死人も嫌っていたけど」

「それを教えてくれんかのぅ」

哀切といった表情を誉田はオレに見せた。捨てられた子犬みたいな顔をして手を擦り合わせている。待ってくれ。そんな目で見るなよ。オレだって分からないんだ。

「いくら借りがあってもオレは親友の秘密には手を出せないよ。他の手段で掃除人を手伝わせるよう段取りを整えようってんなら協力はできるけどな」

まぁ、あの反応を見る限り可能性はほぼゼロに近い。半分近く残った麦茶に口をつけて誉田を見た。誉田は口をモゴモゴさせて顎をさすっている。

「どうにか掃除人を務めさせたいのじゃがのぅ」

「あー……確かにこのままじゃ無理だよな」

ぶっちゃけ、もう手遅れ感半端ないんだけど。いやだって、もう無理だろ、アレ。意地になっちゃってるもん。

「動機付けが他にないのじゃ、昔の友人も、あの老人もてんで話にならん。あの小童は人に対して無関心すぎる」

「七海のことはともかく、タカミのじいちゃん餌にするのはまずかったかも。タカミのことだ。

嫌いな人間見せられたら余計に意地張るよ、アイツ。一生会わないって言うぜ？　きっと」

「何か案はないのかの、時間がないのじゃ。早めに頼むぞ」

「……課題にさせてくれ、おっさん」


「それから、もう一つ」

誉田はコップに残った麦茶を全て流し込むと、思い出したように続けた。

「ワシは、ここ一週間は仕事じゃ。くれぐれも騒ぎは起こさないようにの」


オレの困り顔をよそに誉田は満足そうに微笑んだ。

「わざわざ困っているヤツの問題になんか首突っ込むなよ」

祖父の掃除人の美学であり、人生哲学であり、お気に入りの教訓だ。

「困っている人間には近づくな」

祖父の教訓は腹立たしく思う反面、正しいとも思う。タカミはちらりと男を見やる。男はまだこちらには気付いている様子はない。目線を足元に戻しコンビニの入り口を目指してひた走る。

実力がないうちはつまらない親切心で自分の身を滅ぼすなとたびたび口にしていたのを思い出

す。実際どこかで否定しながらも、祖父のように考えてしまう。もしかしたら自分は祖父よりも歪んだ人間なのかもしれない。実際のところ、死者に頼られると嫌悪感しか湧かないし。

掃除人の掟の他に祖父には「掃除」を行うにあたっての九つのルールを作っていた。生きている、死んでいるに関係なく人を怒らせて、何度も死にかけた祖父自身の経験から築き上げられたそれは、僕や父にも受け継がれてきた。現時点で僕と灰嶋は祖父のルールを二つ破っている。


其の二、掃除に赤の他人を巻き込むな。

其の八、自分が死にかけるような危険は冒すな。まして死ぬようなことは避けるべし。


灰嶋が言っていた「大丈夫だ。タフでクレバーなオレがついている。心配ないって」だって？大丈夫なんかじゃねーよ、馬鹿。大丈夫じゃない。僕らは全然大丈夫なんかじゃない。たまたま運が良かっただけだ。命がいくつあっても足りなすぎる。

なんとか額の傷の男に気づかれずにコンビニに滑り込むことができた。ミッション成功。店内は数人しか人はおらず、冷蔵庫のようにクーラーが効いていて、汗ばんだ背中や額を急速に冷やしていった。雑誌を立ち読みしていた青年の後ろを通ってトイレに滑り込んだ。

〝いいか？　実力がない間は特にそうだ。頼られて嬉しくなっても手なんか出すなよ。

指を咥えて突っ立ってろ？　そうだ。同情や共感、そんなのこれっぽっちも浄霊の役に立ちゃしない。手を出すな。見捨てろ。ああ、それでいい〟

あの日、耳タコのフレーズを発する腹立たしいじいさんが目の前に現れた。

それも死者を導く案内人として。

コンビニのトイレの、申し訳程度の小さな洗面台の蛇口をひねる。冷たい水が肌に心地良い。バシャバシャと顔を乱暴に洗い、肩にかけたタオルで水滴を拭う。濡れた前髪から水滴がヒビの入った洗面台に落ちていった。

あの人間は地獄に落ちていなかった。あのジジイ。あの野郎。残念だと思う反面、どうして死んだのかが気がかりだった。あの保身しか考えず欲望に忠実なドブネズミみたいな人間がどうして。

〝保身しか考えないのはお前もそうだろう？〟

あの祖父の笑い声が聞こえる。

〝お前自身が掃除人をしたくないから、友達を利用しているにすぎない。親友のためだなんて耳あたりの良い言葉で濁すなよ。無責任もいいとこさね〟

確かにね。これは僕の、僕だけのためだ。

祖父のルール。其の一。

善行も悪業も起こす行動全て自分のためだと自覚しろ。

たったいま気づいたよ。自覚しているさ。じいさん。

死者に必要以上に干渉してはならず。助けを求めた者のみ与えよ。さもなくば代償を払え。

掃除人の掟の中で最優先事項だ。もしかしたら祖父は人のために何か代償を支払ったのかもしれない。もしかしたら人のために善行を働いたのかもしれない。しかし義理の娘である母に手を上げ、息子である父が稼いだ金を盗んで飲み歩くような人間に案内人が務まるとも思えない。

全て祖父の行動の結果だ。


亡くなる数日前、香水のキツい若い女と一緒に歩いている姿を見たことがある。女が振り返り僕を見た。人差し指をふっくらした唇に当て、わずかに口角を上げると祖父に腰に手を回されて玄関を後にした、あの姿が目に焼きついて離れなかった。

案内人として目の前にわざわざ顔を出す性根に反吐が出る。よくもその顔を見せに来られたな。

そう考えた瞬間、ふと「死者に人は殺せぬ」という誉田の言葉を思い出した。

祖父を死に追いやったのは死者ではなく、もしかしたら別の存在かもしれない。

それこそあの女かもしれない。あの女。あの女がもしかしたら——

祖父を殺した？

鏡に僕が映り、こちらを睨んでいる。鏡の中にいる自分の目元をなぞった時、耳障りな祖父の声がもう一度声が聞こえた。今度ははっきりと。

「俺に似てきたな」

灰嶋はベッドに寝そべりながら、窓から差し込む陽の光をぼうっと眺めていた。埃が陽光を受けてちらちらと自分の周りを漂っている。

陽の光を避けて反対側にごろりと寝返りをうち瞼を無理矢理閉じると小さいころを思い出す。

噂のタカミを初めて見たのは、小学三年生で、学級裁判が隣のクラスで開かれていた時だった。

「隣のクラスでアイツがまた何かやったらしいぞ」

放課後の掃除が一通り終わり、雑談をしながら帰り支度をしている時、仲がいい吉野がそう声をかけた。色黒でかなりやかましい顔がこちらを覗き込んでいる。

アイツ。

小さな町ではいつも噂になっているタカミというやつだ。誰も隣のクラスの問題児を名前では呼ばない。

アイツと呼ばれるやつはたびたび騒動を起こす。正確にはアイツとアイツの祖父だが。四：六の割合で。今回は四のほうらしい。

「なんだって？」

放課後の教室は生徒の大半が残っていて、それぞれ固まって放課後の予定について話していた。そうしたクラスの話し声に吉野の声が紛れて聞き取りづらかったので、もう一度聞き返した。吉野は一瞬面倒くさそうな顔をして、少しだけ音量を上げた。

「例のアイツ。例の問題児だよ！」

「そいつがどうしたんだよ」

「女子を泣かせたらしい」

「よくあることじゃん」

見に行こうぜ、と吉野が言った。女子を毎回泣かす大罪人なんて放っておけよと言ったが、結局は吉野に押されて見に行った。吉野は公開処刑というヤツが好きらしい。

隣の教室は前のドア、後ろのドアも閉められているが、担任の男の声や問い詰める女子の声、啜り泣く被害者の女子の声が廊下にまではっきりと漏れ聞こえている。教室の周りにはすでに何人かの野次馬が群がっていた。

ここの学校はやたらと声が響く。特に隣のクラスのドアは建てつけが悪く、きちんと閉めたつもりでも隙間が空く。後ろの席だと隣のクラスの授業の内容まで丸聞こえになる迷惑仕様だ。

少し距離を置いて盗み聞きしている野次馬もただならぬ雰囲気につられて集まったらしい。

廊下に出ると男子や女子のヒソヒソ声もプラスされた。吉野と一緒に少し屈んでドアの隙間から教室の様子を探る。後ろから「おい、やめとけ」と上級生に注意されたが、吉野は無視して覗き込んでいた。

吉野の汗臭い頭越しに教室の中が見えた。担任であり裁判官である男の隣で面倒くさそうな顔をした問題児が立っていた。肌はそこそこ焼けていて、寝癖なのか地毛なのか髪の毛は先っちょだけがあちこちに跳ねていた。

周りの男子は落ち着きがなく、女子は女子でいかにその男子が人を傷つけてきたかを並べ立てていた。タカミは首をボリボリと掻いた後、のんびりと欠伸(あくび)をしていた。

「態度デカくね？」

吉野がそう言った時、欠伸をし終えたタカミと目が合った。ギョロッとした目がこちらを睨んだ。びっくりして後ずさった時、タカミの隣に立っていた裁判官が、オレたちが覗き込んでいたドアを乱暴に開けた。

吉野が驚いてバランスを崩し、スローモーションのようにこちらに倒れ込んできた。リノリウムの廊下は硬い。吉野の頭はオレの身体で守られるが自分の頭は守られない。このままだと床に

――――叩きつけられる。

と、思った時に電子音が鳴り響いた。身体中が震え、鈍い衝撃が走った。

目を開けるとリノリウムの床ではなく、茶色いフローリングだ。どうやらバランスを崩してベッドから落ちたらしい。学校の天井じゃない。自分の部屋の天井だ。そしてオレは小学生じゃない。うるさいと注意する隣のクラスの担任もいない。オレはいま高校二年生だ。

打ちつけた頭を抑え、スマホの画面を覗くとタカミからメッセージが送られていた。

『覚えていろよ』

クソッ！　どっちが。

「俺に似てきたな」

タカミはその声に驚いて思わず鏡から手を離した。心臓がバクバクと脈打っている。

人が死ぬと、周囲の人間は声から忘れるらしい。

ただしそれは、故人と親しかった人たちに限定される気がする。自分の意思とは無関係にクソみたいな記憶はずっと頭にこびりついて取れた試しがない。姿形、声だってずっと覚えている。反対にいい記憶はすぐに忘れる。

自分だって過去に人に親切にされたことぐらいあるし、人に優しくしようと思ったこともある。ただ、そうした淡く優しい記憶は墨のような記憶に塗りつぶされてしまった。

浄霊した女の子の可愛らしいイタズラも、思い出そうとするたびに嫌な記憶と一緒に引きずり出される。あの嫌いな祖父の顔も、もれなくサービスでついてくる。いつだって最悪な記憶が幸福な日常生活の邪魔になる。

「俺に似てきたな」と確かに祖父の声が聞こえた。

驚いて辺りを見回したが祖父の姿は見えない。頭を振り、息を長く吐いてトイレを出た。以前古城で案内人として働いていた祖父を見てから神経質になっているのかもしれない。祖父の姿を見て以来、記憶がさらに鮮明になっている気がする。早く忘れ去りたいのに。

祖父の声。これは現実ではない。本物ではない。忘れ去るべき事項だ。

トイレを出ると立ち読みしていた男もいなくなり、店内にいたのは自分一人だけだった。所狭しとケースに並んでいるペットボトルの群れからお茶を選び、ついでにガムも一つ掴んでレジに持っていく。

一瞬アイスでも買っていこうかと思ったが、ここのコンビニにイートインスペースはない。灼熱の外で食べるとなると秒速でアイスは溶けていくだろう。

会計を済ませ外に出ると真夏の熱風と太陽の攻撃的な日差しが顔に降りかかってきた。苛立ち、誰かに八つ当たりしないと気が済まない。とにかく無性に腹が立って仕方がなかった。舌打ちし、灰嶋にメッセージを送ってやる。

『覚えていろよ』

灰嶋は首を押さえ、スマホに表示されるタカミの「覚えていろよ」の六文字のメッセージをぼんやりと眺めた。困ったことになった。頭がまったく回らない。たぶん寝起きのせいもあるかもしれないが、変な姿勢で昼寝をしていたからなのか、意識がはっきりしていくにつれ、首から頭にかけて重たい痛みがのしかかってきた。
誉田のおっさんのことはわりと好きだ。話していて楽しいし、何より天野の件について借りがある。作った借りは返さないと。人として頼まれたことはしないと。人から頼まれたものは片付けておかないと、なんとなく落ち着かない気がする。だけどあの頑固者で慎重なタカミに掃除を

させるのは、少し難易度が高いように思える。難易度が高いどころか、すでにもう詰んでいるじゃないか。

　タカミがいない時に誉田は滑るように歩み寄って俺の耳元で囁いた。「タカミにしかできない掃除がある」と。


　でも本人にやる気がなく、誉田とタカミが険悪になり始めている。そして俺とも。

　今日一緒に帰らなかったのは、さすがにマズかったのかもしれない。

　まずはタカミとの関係修復が先だ。あのタカミのことだ、さくっと謝れば案外許してくれる。友達になるのもそう時間はかからなかった。ただ、掃除人をさせるのは……あの状態では難しいだろう。

　タカミの気持ちを十分に理解していたあのおじさんならもしかしたら……。タカミによく似た、くたびれたおじさんだったらあるいは……。

　工場で働いていた知り合いのおじさんを頼れば、何か案を出してくれるかもしれない。まだ三時前だ。八年ぶりくらいになるが相談に行ってみるのも悪くはないのかも。

　ベッドから起き上がり、鞄から財布を掴み、小さなショルダーバッグにスマホと一緒に放り込むと、相談相手に会うべく家を飛び出した。

タカミやオレたちが育った場所は周りが山に囲まれていて、湿った空気がまとわりつく。山に遊びに行こうとする吉野たちとは別れて、通学路のそばにある小さな工場によく遊びに行ってた。虫がうようよいる山より機械油臭い場所のほうがマシだったからだ。

当時は近所の小学校の近くにネジやボルトを作る小さな工場がいくつかあった。いまは不況の煽りでほぼ閉鎖されてしまったが。たまに話し相手になってくれた狼みたいなおじさんを思い出す。

三時以降のこの工場の敷地内は比較的静かだ。かすかに人が歩き回る音や機械操作の音が工場の中から聞こえてきた。辺りは夕暮れに近く、オレンジ色のフィルターを通したように工場の屋根やその周りの家の色味を変えていた。

「こんなにもテクノロジーが発展してるのに、俺たち人間サマは進歩どころか退化する一方さ。昔からこれっぽっちも進歩していない。機械サマには部品作らすんじゃなくて感情労働を肩代わりさせりゃいいのにな。ハナから優先順位がトチ狂っているんだ」

あちこち黒ずんだ作業着を着た男がタバコの煙を細く長く吐いていた。作業着の左胸のポケットには春川と刺繍がされていた。そのくたびれたポケットから男はつぶれかけたタバコの紙箱を取り出した。中の本数を確認すると遠い目をして元の場所にしまった。風上でタバコを吸っているため煙がモロに灰嶋の顔にかかり咳き込んだ。思わずランドセルで煙を盾のようにガードしながら隣に立つおじさんに抗議した。

「おっさん、いたいけで健康体の子供がそばにいるのにタバコ吸うなよ」

「ハイジマ君こそ、いたいけなお子様が危険な作業所に立ち入るのはやめたほうがいいと思うよ」

「成本」と書かれた小さなネームプレートを節くれだった指で玩びながらタバコを咥えた。春川とは違う名字のネームプレートをタバコを入れた反対のポケットに大切そうにしまった。

「オレは危険な機械がある工場内に立ち入るほどバカじゃねーし。でもおじさんが何か奢ってくれるのなら考えてやってもいいぜ」

「おっ、一丁前に交換条件を提示してくれるな。いいぜ、乗った」と言いながらおじさんは工場内にある、ところどころ錆びた自販機からスポーツドリンクを取り出すと、「ほらよ」と投げて寄越した。

「それ飲んで条件通り立ち去りなさい」

放物線を描いて飛んできたそれを片手で受け取ると顔をしかめてみせた。

「別のないの？　オレの希望していたものとは違うね」

「悪いな。ここの工場はおじさんしかいないから洒落たものはない。あとは水、お茶、コーヒーくらいだな。ここのラインナップはほぼオジサンナイズされているんだ」

そう言うと、おじさんはボサボサに髪が伸びた頭をバリバリと掻いて伸びをした。なんだか大きい狼みたいだ。

ぼんやりとおじさんを眺めていると後ろのアルミサッシがガラガラと音をたてて開いた。中から、おじさんより二回りほど年を取った男が「春川、来てくれ」と呼びたてた。「サボりがバレたらしい」と、おじさんが低く笑いながら、のそのそと工場の裏口のアルミサッシに向かって歩きだした。

「またな、ハイジマ君」

完全に油断していた。
表情に出さないように気をつけていたのに。
レジの精算を済ませて、コンビニを出た先で灰嶋に嫌がらせのメールを打っていた。まさか先ほどの死者がそばまで近づいてきていたなんて。祖父の声で死者の存在をすっかり忘れていた。コンビニの曲がり角を通り過ぎた直後に血だらけの男の顔が飛び込んできて思わず動揺してしまった。普段からポーカーフェイスを心がけているのに。
男に憑かれた途端に身体の関節のあちこちと、頭が割れるように痛み始める。灼熱のような外気なのに、身体の芯は急速に冷え切り、震えと冷や汗が止まらなくなってしまった。

原因はいままさに取り憑いているこのガタイのいい男に他ならない。

帰りもなるべく急いだほうが良さそうだが、先ほど電車が出てしまったばっかりだ。暑いのか寒いのかまったく分からない。

どんな男かよく見ようと横に立つ死者の顔を観察した。身体中血だらけで恐らく事故で亡くなった人間なのは明らかだ。年齢からしても明らかに病死ではない。働きだしたばかりの男と見て取れる。

観察しているうちに祖父の声が聞こえてきた。

〝いいか？　こういう場合はあまり時間をかけるなよ。時間が勝負だ〟

分かっているよ。ウルセーな、じいさん。

〝たいがい憑かれるヤツは、憑くヤツと同じ心持ちのヤツだ。四六時中死にたいと思っているヤツは自殺したヤツが、失恋したヤツには失恋した傷心中のヤツが、負け犬には負け犬が。

ほとんどが優しいから憑かれるんじゃない。自分の感情が死者を引き寄せる。憑依体質だかなんだか知らないが、弱虫どもの戯言だ。多少なりとも図々しく楽しく生きたほうが身のためだ。自分の欲望に忠実に楽しく生きるのが正解さ〟

分かった。分かったから。

〝要するに取り憑かれるようなヤツにも原因がある。お前は出来損ないだ〟

黙れって。

〝お前は馬鹿でどうしようもない阿呆で、なおかつ出来損ないだ〟

ふーっと息を吐き、ゆっくり目を閉じた。しばらくすると祖父の声は少しずつ遠ざかっていった。やればできるじゃないか。忌々しい祖父とおさらばできて、なんとも素晴らしい。

祖父の記憶は一つ思い出すたびに、記憶が塗り重ねられ、少しずつ鮮明になっていくのがなんとなく気にくわない。いつか祖父が彼岸の世界から墓石を乱暴に蹴飛ばして此岸へ帰ってきそうだ。地獄のような日がまた戻ってきてしまう。

いまは掃除のことだけ考えるべきだ。男の周りには例の案内人はいない。ということは僕自身の感情に引き寄せられてきたのかもしれない。

取り憑くパターンはいくつもあって、案内人が押しつける場合もあれば、死者自身が助けてほしいとすがる場合も、自分の感情が引き寄せる場合もある。どれもこれも厄介だ。

どいつもこいつも他人になんとかしてもらおうとするその魂胆が忌々しい。軽々しく頼みやがって。自分で解決しろよと思ったが、それも以前祖父が言っていたことだったので押し込めた。

今回に関しては自分が悪い。

祖父を思い出して感傷に浸っている場合じゃない。見ず知らずのこの男を掃除し、天国へぶち込む。付き合いはこれっきりだ。

一流の掃除人は少ない情報からその人間が納得する説明をし、手早く片付ける。「優秀な人間ほど少ない手数でものごとを解決する。」祖父が言っていた通り僕は優秀じゃない。はっきり言って掃除人に適さない人間だ。僕にできるのは地道に情報を集めることだ。いまは案内人はいないので詳しい話を聴けそうもない。のろのろとスマホを取り出し、コンビニ付近で以前に事故がなかったか調べると、一件それらしいものがヒットした。

深夜に死亡事故 普通乗用車が電柱に激突 男性一人 死亡

七月十五日、深夜の県道で普通乗用車を運転していた二十代の男性が電柱に激突し、死亡する事故が起こりました。近隣の住民が発見し、病院へ搬送したものの、男性は頭などを強く打ち、約一時間後搬送先の病院で死亡が確認されました。現場は見通しの良い直線道路で事故当時は雷雨でした。

後ろを走っていたトラックの運転手から当時の状況を聞き、身元の確認とともに、事故の原因を調べています。

たぶんこれだろう。半分潰れた頭の傷もこの情報に合致する。肝心の名前が分からないのがもどかしいがまあ良い。名前や身元が分からなくとも大抵はどうとでもなる。

幸い現代人だし。同じ二十代でも百年前の二十代か三十年前の二十代か、つい最近の二十代かで価値観や悩み、心残りの傾向が違う。

いちばんやってはいけないのは情報を取り違えることだ。一つ間違うと全部がご破算になってしまう。送り届ける前に観察をし、相手が欲しい情報を差し出し納得させなければいけない。

祖父はこれでよく失敗し、死にかけていた。祖父は自分の価値観しか認めない。年寄りの悪い癖だ。

今回の事故は本人も動揺している。前も同じことを言ったが、死者は自分の状況を飲み込めず混乱していることが多い。当然、亡くなったショックで自分が何に心残りなのかすら分からないことのほうが圧倒的に多い。最悪の場合、直前の記憶や感情しか残らないやつだって大勢いる。

この男はいったい何が心残りなんだろう。家族だろうか。この年だったら彼女かな。テンプレ通りの文言で掃除できるだろう。あれこれ考えながら横に立つ男の顔をよく確認しようとした。

その時、この男に会ったことがあると思い出した。同時に嫌悪感を覚えた。こいつは掃除をすべきではない。特に僕の場合は。こいつは死んで当然だ。そして一生苦しめと思った。

名前なんて必要がなかった。

02 アテ

アテがなくなってしまった。

放課後に遊びに行っていたあの工場は跡形もなく更地になってしまったようだ。以前から不況の煽りを受けて周囲の工場が次々と閉鎖していったのを知っている。だからなんとなく潰れているかもしれないと予感はしていたけど。しょうがない。

頼りにしていた知恵袋的な人間はいない。かろうじてあるのは、痩せた土地と傾いた看板だけだ。……どうやら傾いたのは看板だけではないらしい。

ゴツゴツした石が転がった跡地には、ずいぶん前に立てられたらしい不動産屋の看板が地面から傾いて生えている。ざっと見た限り、まともな人間であればここで商売をしようだとか、住居を構えようとする人もいないだろう。

工場があった時代は小さなスーパーや小売店も数件あったが、いまはもうない。タカミやオレたちが住む小さな町は、不便さに比例するように年々人が少なくなっている。それこそ、村と呼んでも差し支えないくらいに。

要は交通も物流もない寂れつつある田舎町だ。新しく土地を買って家をここに建てるくらいだったら、便利な街中のマンションを買うか借りるかして文明的な生活をするさ。

オレだって高校卒業したら不便極まりない地元を出て自由を謳歌すると決めている。地元に愛着はあるが、若者が生きていける余裕がない。新聞配達のアルバイトですら熾烈な争奪戦が勃発するに決まってる。

心落ち着く工場の建物もオジサンナイズされた自販機もすっかりなくなっていて、おじさんがよく寄っかかってタバコを吸っていたフェンスだけがかろうじて残っている。

フェンスはあちこち塗装が剥げていて錆だらけだ。触れようとした直前に蜘蛛の巣に気づいて手を引っ込めた。おじさんはよくこんなきったねぇフェンスに寄りかかれたよな。フェンスにもたれかかって細く煙を吐き出しながらおじさんはよく愚痴を吐いていたのを思い出す。

おじさん自体がもうすでに機械油やら煤やらで汚れていたから、そんなに躊躇はなかったのかも。汚れは男の勲章だとニヤッと笑って言ったっけ。

相談先におじさんがいないのは仕方がない。仕事を辞めたがっていたし、工場が潰れたいまは別の職場にいるのだろう。

瞼の裏におじさんが蘇る。

古いタバコを靴で潰し、新しいタバコに手慣れた様子で火をつけながら、夕陽に背を向けて地面を見下ろした。おじさんの表情は暗くてよく見えない。逆光で動作だけが影法師のように浮かんでいた。

地面にはところどころ、オレが地面から引き抜いた雑草が点在している。背の高いおじさんの影を飾るように雑草を並べた。

「タカミ、君？　だっけ？　なんだか話を聞いてる分には可哀想だな」

息を吐き出し、空を見上げてもう一度タバコを口にやった。「本当に可哀想だ」

「なんでさ。アイツは女子を泣かせる問題児だぜ。オマケにアイツのじいちゃんもとんでもないやつなんだ」

帰り道の道中で拾った棒で雑草を突きながら言った。

「あんなやつ、いなくてもいいだろ」おじさんに言った目を瞑ってもう一度。

「うん。たぶん、いなくていい」

ふーっと息を吐き出し、タバコを口に当てる直前で数秒の間があった。

「確かにいなくていい人間も、山ほどいることは間違いない」

タバコを口へ。そしておじさんは息を吐く。「俺の直属の上司みたいにな」押し殺したような低い含み笑いが頭上から降ってきた。

「君はその……タカミ君とやらとおじいちゃんが、どうとんでもないのか直接話したのか？」

何か反論をしようと口を開きかけた時、おじさんが少しだけ語気を強めて言った。夕陽はいつのまにか傾いていて、さらにおじさんの影が濃くなる。

「君は人の有用性をジャッジできる立場にないだろう。君は神様でもなく、ましてや資格のある裁判官ではない。そしてそのクラスをまとめる教師でもなければ、その子の身内でもない。ただの部外者だ」

味方からなんとなく突き放されたようで、少しムッとした顔を向けながら言った。

「人がどう思おうと自由だろ？」

おじさんはかまわず目をすがめながら続けた。

「まあな。冷たい視線、まぁレッテルってやつだな、レッテルはいずれ人を怪物にする。怪物になる前に助けの手を拒む人ほど、助けなくちゃならない」

一呼吸おいて煙を吐いた。

「いつか怪物になって、思わぬしっぺ返しを食らうかもな」

「助けが必要なやつには見えないけどな」

「決めつけはよろしくないよハイジマ君。おじさんはそんな子に育てた覚えはないぞ」

「おじさんは父ちゃんじゃないだろ」

「ははは、そりゃそうか。そんなカッカするなよ、悪かったな。でもな本当のところ、助けたくないと思う人間ほど本当に助けが必要なんだよ。すすんで味方になろうとは皆思っちゃくれないからな。得てしてそういう人間ほど捻くれて厄介者になってしまうんだ。いまからだって、誰だってその子だけの英雄にはなれるさ」

「オレにヒーローになれってか、無理に決まってるじゃん」

くくくと笑うおじさんに、ふと思いつきで口から溢れ出てしまった。

「おじさんには助けてくれる人がいるの？」

その瞬間おじさんの笑みが一瞬強張り、空気が張りつめた。数秒間が空くと、それから力の抜けた諦めたような顔に変わった。その瞬間、生暖かい風が吹く。舞った砂埃が頬を撫でていった。

「なんだ、ハイジマ君。俺が助けてって言ったら君は何かできるのかい？」

しまったという顔を隠しきれずにいると、温かい大きい手が頭をグシャグシャと撫でた。


「心配するな。君はそのままでいいんだよ」

おじさんは一つ長いため息をつくと空を見上げた。


「夢ェ、叶うなら女抱いて死ぬか、大金を浴びるほど使ってから死にてぇ。もしくは全部くたばるのを見届けてから死にてぇな」

最低だって思うだろ？　おじさんが寿命の短くなったタバコを地面に落とし、靴底で踏み潰した。ご臨終です。ひしゃげたタバコの亡骸を見ながらそっと想いを馳せた。

「俺が幸せになれないのなら、人の不幸を見て笑いたいんだよ俺は。ざまあみやがれってな」

どうしてくっついて来たんだ！

成本をそのままにしておきたかった。

クソッ！

耳鳴りと目眩と頭痛がひどい。電車の窓ガラスには見覚えのある男が映り込んでいた。

この身体の不調は、熱中症のせいだけではないようだ。冷房が効いた電車内は静かで、なおかつ人もいない。これ以上ない快適さなのに、ただただ居心地が悪かった。アイツのせいで。頭（かぶり）を振り、一度呼吸を整える。

落ち着け、落ち着け、落ち着け。

たかが死者だ。たかが死人だ。これは現実じゃない。大切でもない。あの老いぼれと同様、唾棄すべきものだ。

息を長く吐き、ゆっくり目を閉じると忌々しい小学校時代を思い出す。机の周りでうろうろするやつ、全員が目障りだった。

なんだよ「幽霊っていると思う?」だって? はっ、そんなこと聞かれたって分かるわけないだろ。そんなに会いたきゃ心霊スポットに住めよ。一人きりでいればたぶん会えるさ。

教室の窓際に座っているアイツも、アイツも、アイツも……まとめて消滅しないかな。どいつもこいつも大嫌いだ。

「天は人の上に人を造らず人の下に人を造らず」

もう生まれた時からすでに階級を作っているじゃないか。このクソッ。福沢諭吉だっけ？　ついでに嫌いだ。


「妹の告白を断ったら、なんで兄貴がしゃしゃり出てくるんだよ」

思わず口からこぼれ出てしまった。車内に人がいなくて良かった。

息を長く吐き、ゆっくり目を開けると向かいの空いた座席に目を向ける。死者らしく生気のない成本は変わらず無表情でこちらを見ている。お互い見つめ合っている間も、自分が座っている隣に嫌いな人間が入れ替わり立ち替わりして泡沫のように浮かんでは消えていった。祖父を思い浮かべた時、泡沫は割れずに残った。祖父が口を開く。


〝死者とは目を合わせるなよ。取り込まれるからな〟

腕を組み、当然のように隣の座席に座る。座る時に、祖父は必ず少し足を広げて座る。ゴツゴツした骨張った指を膝の上に置き、成本のほうに向かって身を乗り出す。こちらに顔を向け、「掃除」する時のような向き合い方をした。この時の祖父の声は普段のがさがさした声ではない。穏やかな凪のような声だ。

〝よく聞け、タカミ。注目されることは悪いことじゃない。が、良いことでもない〟

最悪だ。

〝人に興味を持つことは別に悪いことじゃない。お互い愛し合うのも結構なことだ。愛は偉大だしな。想ってくれるヤツの中で、お前のモノと目にかなうやつがいれば幸運だ。何がなんでも手放すなよ。

俺がモテないから僻んでいるのではない。これでもかなりモテたほうだ。俺の血を引いているお前もたぶんモテるだろう。いずれ俺の言ってることが理解できるようになるさ。

人に好意を向けるヤツをよく観察してみろ。大抵が腑抜け共だ。これは間違いない。人間は下心を持った途端に馬鹿になっちまう。いつもは視野が広く、どんなにクールで賢かろうともな〟

祖父は目を閉じて続けた。

〝まぁ、人を好きになって馬鹿になることは悪いことじゃないんだ〟

祖父が目を開けて身体をこちらに傾けて続けた。腕を組み、目を細める。

〝例えばお前を好いてくれる貴重なヤツの中に、どうしても受け入れられないヤツがいたとしよう。お前がその子の告白を断ったとして、その後どうなるか考えたことがあるか？　大抵は大人しくすごすごと引き下がる。その後はお互い冷静になるまで多少話しづらくはなるがな〃

問題はな、そうではないほうだ。

中には自分の思い通りにならないと気が済まないヤツが一定数いるのさ。男女問わずな。どんなに神経を尖らせても、だ。

色恋沙汰には注意しろよ。連中は味方をつけるのがうまいからな。家族なり、ダチ公なり、味方につけてお前を追い詰めることが常套手段さ。女の誘いを無碍にしたら、どこぞの誰とも知らん男が出てきて、わけも分からず、ぶん殴られることもあるからな〃

失恋が原因で死んだ女を掃除した時、祖父は静かにそう言った。静かに息を吐くと、祖父の声は遠ざかっていった。

かなり前だけど、もう色恋沙汰で、すでにぶん殴られているよ。じいさん。

「アイツ、女子の告白断ったらしいぜ」

吉野が大きく伸びをしながらそう言った。夕暮れの放課後はなんだかんだ賑やかだ。ホームルーム直後の時間だからほとんどの生徒が学校に残っており、廊下は特にいままさに帰ろうとしている生徒でごった返していた。何人かは家に直行する生徒もいるが、ボールを持ち出してサッカーやドッジボールするやつらもいた。家に帰って荷物を置いてくるのがもどかしいやつは大抵そうしているらしい。

「アイツ、モテるんだ、マジ⁉」

あちこちに先生や生徒がいるのにもかかわらず、大きな声を出してしまった。気づいて口を押さえたが、すでに数人が訝しげな顔をしてこちらを見ていた。吉野が声に出さず「おい、バカ」と唇に人差し指を当てて周りをキョロキョロと見渡すと、急いで廊下の曲がり角に滑り込んだ。悪い、吉野。

勢い良く吉野のほうを振り向いたせいで、ランドセルの中に入っていた教科書がガタゴトと揺れた。勢い余って窓にぶつかりそうになるのを身を捩って防いだ。

「こないだの学級裁判さ、それが原因だって」
「相手だれ？」
「成本だって」

「マジ？」

うは。やーば！　アイツ終わったな。

「ご臨終です」

手を合わせる吉野に「ご愁傷様です、だろ」と間髪容れずに訂正した。

「アイツ死ぬな」

吉野がのんびりとした口調でそう言った。頭の後ろで手を組んでのけぞった時に、静かな声が聞こえてきた。

「勝手に殺すな」

振り返ると、迷惑そうな顔をしたアイツが立っていた。あちこち跳ねたボサボサの髪の毛と洗いざらしの襟ぐりがくたびれた黒いシャツを着ている。黒いといっても日焼けしていて幾分か色褪せている。ジーンズもボロボロで、ところどころ擦り切れていた。

何よりインパクトがあったのは左頬にバカでかいガーゼが当てられていたことだ。保健室の先生が手当てしたのだろう。あの先生は決まってガーゼが傾くか、テープが寄れる。

「この通り生きてる」

あちこち傷だらけで、たったいま喧嘩してきましたというような格好だった。Tシャツから伸び出た細っこい腕にも小さな生乾きの傷がいくつかあった。


例のアイツ。タカミ。


バケツと換えの雑巾、モップを抱えている。吉野は凍りついた顔で目線だけこちらに向けた。俺はずっと足元のリノリウムの床しか見られなかった。瞬間接着剤で足が固定されたみたいに張りついて動けない。少しの間だが、かなりの時間が流れた。あくまで体感だが。

「いい加減、掃除の邪魔なんだけど」

その言葉に張りついた足が離れ、バランスを崩した。吉野が慌てて受け止める。心臓がバクバクと暴れて制御ができない。吉野が青ざめた顔で声を絞り出した。

「ごめんごめん。悪かった。離れるよ」

その言葉だけを置いて急いで離れたが、アイツの鋭い視線がずっと背中に突き刺さっていた。

吉野と一緒にかなりの距離を取るとキョロキョロと見回して人がいないことを確認する。いつの間に後ろに立っていたのだろう。心臓がバクバクと暴れ冷や汗が止まらなかった。

「本当、吉野ー！　お前ェ……」

「気づかなかったのはお前もだろ！」

ふーっと息をつくと吉野がボソリと溢した。

「なんでアイツは告白されるんだろうな」

バカ、そんなのお前、決まってるだろ。俺たちより顔が良いからだろ。

◆◆◆◆◆◆◆◆◆

バス停から降りた時にはもう日が傾きかけていた。

灰嶋からの返信は未だない。携帯が震えることなく静かに鞄の中に収まっている。ペットボトルにわずかに残った水を全て喉に流し込むと、ボトルを握りつぶし、バス停そばのごみ箱に狙いを定めて投げた。放物線を描いたそれはカラカラと音を立てて、あるべき場所に吸い込まれていった。

ゴミはゴミ箱に。ちらっと後ろに佇む男を見やる。コイツもいっそここに捨てられたらいいのに。

依然として冷や汗と頭痛はやまない。どうして死人に自分の人生のリソースを食われなければならないんだろう。よりによってさんざんな目に遭わせられたクソみたいなやつに。

コイツをどうしようか……。いつもみたいに父さんに任せる？

ボーッと空を見上げるとバサバサとカラスが飛んでいくのが見えた。空の端っこは少しずつオレンジともピンクとも水色ともつかないふわふわした色に染まり始めている。

世界が少しずつオレンジ色のフィルターがかかっていくのを見ると、なんとなく焦る。ようやっとやるべきことから解放されたのに、自由になれる時間はかなり少ない。

バイトも増やしたいが赤点の件で辞めざるをえなくなってしまったのだ。ただでさえ家の補修費を支払わなければいけないのに。いくらなんでも死人に振り回されすぎだ。あんなに威勢よく「死人にはかかわらない」と言い張ったのに何やってんだ。しっかりしろ。

ベンチに寄りかかり、ずるずると背中を滑らせて項垂（うなだ）れた。視界に見慣れた親友のスニーカーが入り込み、影が落ちる。

「よぉ、さっきは悪かったよ。マジで。これお詫びだ」

好物だったろ、と灰嶋がこちらの頬にペットボトルのサイダーを当てた。ボトルの表面には水滴がポツポツとついていた。いつもなら顔をしかめるがいまはとてつもなくありがたかった。ズキズキとした頭痛が少しだけ和らいだ気がする。

「だからアタシと別れないで！　アタシの人生にあなたが必要なの！」

灰嶋の戯けた様子に笑いかけたが、痛みが走り、顔をしかめた。灰嶋とのおしゃべりは楽しいが実はそれどころじゃないんだ。頭を押さえ、後ろを指差した。

「ちょっ、マジ。いま笑かすのはやめろ。本当に。頼むよ」

「えっ！　なん……」

「なんで」と言いかけた灰嶋が、指差した後ろを不意に見て顔をしかめた。それからマジ……？　という顔をこちらに向けた。ああ、そうだ。マジだよ。いままさに顔見知りに取り憑かれているんだ。

「……成本パイセン？　うは、懐かしー！」

「灰嶋、お前覚えてないのか？」

「……覚えてるけどさ。いや、…………担当？」

「……分からない。もしかしたら父さんが担当かもしれない」

死者には担当の掃除人がつく。

生前の祖父が繰り返し言っていたことだ。大抵は掃除人の力量に見合った死者が送り込まれる（正確には、掃除人の力量に見合った死者の案内人が仲介するのだが）。

価値観がまったく違う人間同士の説明は事態を悪化させ衝突が起こりやすいからだ。

比較的若い死者には若い掃除人が、ある程度老齢の死者には年を取った掃除人が説得を試みる。

正直なところ、あの堅物な父とそりが合うとは到底思えなかった。自分が妥当だとどこかで思っていた。たぶん、僕が……。

「担当？」

「……言うなよ」

「マジか―……」

「それは僕の台詞だ。掃除するのは僕だからな」

ふーとため息を吐き、ベンチから重い腰を上げて頭を押さえた。未だに頭痛は治らない。立った瞬間に冷や汗が噴き出し、目が眩んだ。チラリと後ろの成本を睨んだ。

「まだ、担当と決まったわけじゃない」

目を瞑り、祈るように言った。

こいつの担当ではありませんように。

学校帰りの公園はやたら静かだったのを覚えている。吉野と一緒に日がさすジャングルジムから移動し、ブランコに腰かけてアイスを齧りながら、誰も遊んでいない遊具をぼんやりと眺めていた。吉野が落ち着きなく足をぶらぶらさせながら口を開く。

「アイツ、例の成本の兄貴に粘着されてら。ジゴウジトクってやつだな」

「……そうとも限らないだろ」

あまりの暑さでイラついていたのかもしれない。そう口走った時、吉野の表情が険しくなった。しまったと思ったが、そのまま目を逸らし俯いた。人の機嫌を損ねた時、素直に謝るべきだ。……小さな教室(クラス)で生き抜くためには。

案の定、苛立った様子の吉野が剣呑な雰囲気で凄んだ。

「……は？　何？　お前、アイツの味方なの？」

「悪い。……そうじゃない。可能性の話をしただけだ」

あっそ。と、勢いよく吉野がブランコから飛び降りた。脳内におじさんの顔が閃光のようにチラついた。

『君はその……タカミ君とやらとおじいちゃんが、どうとんでもないのか実際に触れ合って話したのか？』

「吉野、悪ぃ――――」

慌ててひりついた空気をなんとかしようと口を開きかけた時、吉野が口を開いた。

「灰嶋ごめんな。俺さぁ……明日、別の街に引っ越すんだ」

スクールバッグを二人分抱えた灰嶋が心配そうに僕の顔を覗き込んだ。

「お前、マジで顔色真っ青だが大丈夫か？」

「大丈夫なわけないだろ」

道端にしゃがみ込み、せり上がる胃液をなんとか押し込める。バスを降りた時は落ち着いていた頭痛や吐き気も、家が近づくにつれ、少しずつぶり返してきたようだ。

頭を押さえながら後ろを見やると成本がすぐ後ろに立っていた。意識を灰嶋に戻し、そのまま目を閉じる。

落ち着け落ち着け落ち着け……もう少しの我慢だ。

コイツは何者でもない。いま目の前にある目標は「家に帰る」こと。ただそれだけだ。愛すべきクソッタレの我が家に。

　そう自分を奮い立たせつつも、グラつく視界をなんとか定めにかかる。……正直、家は徒歩圏内にあるにもかかわらず、無事に辿り着けるかどうか怪しい。なんで大昔に実害を被ったやつの世話をしなくちゃならないんだ。クソが。

　そう思えば思うほど、頭痛はひどくなる一方だった。大昔、祖父の高穂が耳タコのように言っていた「他人の痛みを自分のことのように捉えろ」という教えを思い出す。亡くなった人間には、こちらに敵意を向けない限りは寄り添えという教えだったが、家族にすら寄り添わなかった高穂の教えなど聞くに値しない。生きている家族にすらまったく寄り添わなかったお前がそれをほざくのか。

　もっとも、死者に対して反抗心や敵対心を持てば持つほど、死者は余計に自己主張するという性質も、代々の掃除人たちは心得ていた。こちらだって、できることならばそうしたい。だが昔の記憶がそうはさせまいと反発する。

　それができないのならば「無関心でいろ」という掃除人の基本的な教えすらも守れそうにない。長い人生の中で、たったひと月にも満たないかかわりの人間なのに。こちらだってできるだけ無関心でいたい。だが無理だ。

　死人に出会った時は「無関心がいちばん有効だ」。掃除をするつもりがないのであれば、いっさいかかわりを持たない。それは自分の人生経験の中で痛いほど理解している。

ただし、いまはまったく他人に無関心でいられるほどの余裕はないのだ。

コイツのせいで。コイツさえいなければ。

そうした感情が忙しなく行ったり来たりを繰り返すたび、頭痛がひどくなる。

「……吐きそう」

「家までもう少しだ、花の男子高校生だろ？　マジで男子高校生が道端でゲロ吐いているの、格好悪いからやめとけ」

灰嶋がため息を吐きながら、そばから腕を差し入れて身体を支えた。まったく吐き気の抑止にならない一言だ。そうは思いつつも支えられてなんとか歩ける。ようやっと自宅が近づいた。なんとか道端でゲロを吐かなくて済みそうだ。

父は帰っているだろうか？

帰っていますように。そう祈りながら瞼を閉じた。

◆◆◆◆◆◆◆◆◆

しばらく目を閉じて考え込んでいた吉野が目を開けた。いままで見たどの吉野よりも「大人」らしく振る舞おうとしているのを感じた。

「俺はたぶんこの街には帰ってこないな」

吉野がブランコのそばにあった鉄柵に寄りかかり、俯きながらそう言った。

「……は？」

「そうなんだってさ」

「意味が分からない」というような表情を吉野に見せた。吉野は一字一句丁寧に区切るように言った。吉野は呆れたような顔を見せると、地面にあった石ころをスニーカーの先で突いた。

「だからもう会えないってこと」

「うそだろ」

「マジだよ」

「……マジかー」


当然だろ、と無表情で言いのけた吉野は、いつもより早口で説明していた。親の仕事の都合や引っ越し先の不安を並べ立てていた。

「また、やり直しになっちまう」

消え入るような声で吉野はそうつぶやいた。

吉野は時折、大人ぶった仕草をすることがある。机に寄りかかって少しだけ身体を前に倒して腕を組んだり、頭の良さそうな人間のような雰囲気を作って発言したり。

そうした吉野を見かけるのは、大抵気の合う女子が近くにいた時だ。吉野自身がいちばん格好いいと思っている仕草をして、女子の気を引こうとしていた。大抵は相手にはお見通しで敬遠されていることを当の本人は知らない。

だけど、いま目の前にいる吉野は多くを話そうとはしない。自分が受け取った情報を一つ一つ自分なりに考えて「出していい情報」を精査していた。理性をフル活用し、時間をかけて建前を並べている。


仕事の都合なんかじゃない。

両親が不仲で離婚したこと。

母親が再婚相手を見つけたこと。

新しい父親に馴染めないこと。

吉野の痩せた細っこい腕から紫色のアザがチラリとはみ出している。アザから吉野の目に視線を移すと無理やり笑顔を作って吉野に返してやる。

「手紙いっぱい出すぜ」

「……返事を書けないかもしれないぞ」

「それでもいいよ」

全然良くはないんだなぁと、吉野は困ったような笑顔を見せた。

まったく良くはない。最悪だ。

ゲロを吐かずに済んだのはまだいい。タカミはベッドに倒れ込み、耳を塞いだ。

「父さんが出張だ」

……自分で掃除するしかない。こんなに都合よく出払っていることがあるだろうか。家を出る前に、母親から話半分で聞いていた自分を恨んだ。こんな時に限って。

忘れてさえいなければ、もう少し用心した。忘れてさえなければ、コンビニに寄りつかなかった。

……忘れてさえいなければ。

後悔がじわじわと染み出して言いようのない吐き気を覚えた。身体をゆっくりと起こし、痛む頭を押さえ、線香を取りに行こうかと逡巡する。

「掃除」したら、自分も楽になるだろうか。適当に済ませて後は寝ていようか。

……いくら因縁があるとはいえ、掃除人として最低な思考なのは分かっている。ただ、とにかく楽になりたかった。とにかくかかわりたくもなかった。顔さえ見たくなかった。

やらずにいるより良いだろう。

窓を開け、新鮮な空気をめいっぱい吸い込むと、頭をふり、のろのろと立ち上がった。

掃除の時間だ。

吉野がいなくなってからの学校は味気なかった。
いつも一緒にいた相棒がいなくなるだけで「二人一組で組んでください」という言葉にこんなに怯えることになるとは思わなかった。
あんなに好きだった体育も、実習のある科目も途端に大嫌いになってしまった。
もちろん取り立てて孤立していたわけではないし、話しかければクラスメートとウマくとりなすことだってできた。ただし、少しずつ流れ作業のように先生と組む流れがいつのまにかできてしまってから以降、「はみ出し者」という張り紙が貼られたようだった。

「灰嶋君がどこにも入れていません」

この女子の何気ない一言が決定打となってしまった。おい、待ってくれ。こんなに簡単にひとりになっちまうのか。

なんだよ、オレ、あんなにクラスの笑いを取っていたじゃん。お前ら皆笑ってくれたじゃん。なんだよ、その憐れむような目を向けるのは。まるで本当に馬鹿にされているみたいじゃないか。やめろやめろ。

頬杖をついて、空を悠々と横切っていった鳥をぼんやりと眺めながら鉛筆を消しゴムに突き刺していた。ああ、そうか。俺たちは二人一組の漫才師だったのか。皆が笑ってくれたんじゃない。あんなにバカにしていた「吉野」ただ一人が笑ってくれていたんだ。吉野に先導されてこの居場所は保っていたのか。

ため息をついて机に突っ伏した。

担任はテスト用紙の採点をしていて、他のクラスメートは黙々と渡された課題をこなしている。自分も半分ほど解答欄を埋めたところで、やる気がなくなり机の端っこに落書きをしていた。黙々と昨日の戦隊モノのアニメの一部を描きながらずっと考えていた。青春漫画だったら、いつのまにか仲間がそばにいてくれたはずだが、いまはその仲間が見当たらない。

これじゃ、隣のクラスの「アイツ」と似ているじゃないか。アイツは厄介者、オレはピエロ、そして吉野は相棒であり観客だったんだ。吉野がピエロをピエロたらしめる居場所を作ってくれていたのか。

「惜しい人材を逃した」

ぽろっと口から溢れ出た独り言を拾ったのか、担任の教師がメガネを外し、テスト用紙から顔を上げてこちらを見た。担任は何か言いかけた後、テスト用紙に視線を向けた。あの鈍臭い担任ですら、オレは憐れむ対象になっちまったのか。

ああ、むしゃくしゃする。本当に気に入らない。

こんなはずじゃなかった。

おかしい。

まったく予定通りではない。

「掃除」を終えた後も、部屋に居座り視界から消え去る様子が見られない。

いつもなら案内人や先に死んだ親戚が取り囲んで浄霊が終わるはずだが、親戚どころか案内人の姿すら見えない。いったん部屋から退散し、頭痛薬を取りに台所へひた走る。

　急いでコップに水を満たし、常備していた薬の箱から白い錠剤を二粒、口の中に放り込む。視界の端で、高穂が笑いながらこちらを見ているような気がした。新米掃除人には欠かせない常備薬(ダウナー)だ。

〝俺も遥か昔に世話になったよ。だがそのうち、まったく効き目がなくなるぞ〟

　うるさいうるさい、黙ってろ。ここから出ていけ。そんなこととお前に言われなくたって分かってるさ。

　成本が自室に居座っていることへの苛立ちと、脳内に居座る高穂への怒りと、頭痛のおかげで冷静ではいられなかった。こちらからできることは全て話した。説明に抜け漏れはなかったはずだ。なのになぜ、迎えに来ないんだ、きちんとやったろ。

　そう、きちんとしたはずだ。壁にもたれかかり、そのままズルズルと座り込む。台所に流れるひんやりした空気が首元を撫でていった。


「僕にできることは全てやった」

　そうつぶやいたものの、実際問題として血塗れの成本は部屋にいるままだ。絶え間ない吐き気と寒気と頭痛が続く日常をちらりと想像をしてみる。

学校に向かう時も、弁当を食う時も、なんなら風呂や便所まで気に食わない成本がついてくる日常生活。耐えられるだろうか？　数ヶ月前に掃除した傷だらけの女子はともかく、あの成本だぞ。因縁のある当事者同士が解決なんてできるわけなかった。

父さんに頼るのは癪だが、これぱかりは自分には無理だ。壁を支えによろよろと立ち上がった。

「耐えるしかない」

耐えるしかない。持ち堪えるしかない。

父さんが帰ってくるまで。

03　味方

「ハイジマ君、ハイジマ君。幸せが裸足で逃げだした顔をしているぞ」

おじさんが細く息を吐いた。薄く開いた唇から細く白いタバコの煙が吐き出された。

うそでもいいから少しは笑顔を見せたまえよ、と言いながらまたタバコを口に運んだ。呑気にタバコをふかす男に対し、イラッとして、口を開きかけたがやめた。

教室で一人でいることをおじさんに話してもいいのだろうか？　こんな惨めなことを？　思わず唇を閉じて視線を前にずらした。おじさんは余裕綽々の顔でこちらが話しだすのをじっと待っている。意地でも自分からしゃべらない様子だ。カッコ悪い惨めなオレを知られたくない。ため息をついておじさんを睨んだ。

「オレはそれどころじゃないんだよ。おじさん。四面楚歌だ」

「なんだなんだ。いじめか？」

いじめという言葉に胸がひりついた。慌てて訂正する。

「いじめじゃない。……たぶん。オレはピエロだったたって話だよ」

「ハイジマ君、人に説明する時はもう少し分かりやすく話しなよ。おじさんまったく状況が分からないよ」

郵便はがき

料金受取人払郵便

新宿局承認

7553

差出有効期間
2024年1月
31日まで
(切手不要)

160-8791

141

東京都新宿区新宿1－10－1

(株)文芸社

愛読者カード係 行

ふりがな お名前		明治 大正 昭和 平成 年生 歳
ふりがな ご住所	□□□-□□□□	性別 男・女
お電話 番号	(書籍ご注文の際に必要です)	ご職業
E-mail		
ご購読雑誌(複数可)		ご購読新聞 新聞

最近読んでおもしろかった本や今後、とりあげてほしいテーマをお教えください。

ご自分の研究成果や経験、お考え等を出版してみたいというお気持ちはありますか。

ある　　ない　　内容・テーマ(　　　　　　　　　　)

現在完成した作品をお持ちですか。

ある　　ない　　ジャンル・原稿量(　　　　　　　　　　)

書　名			
お買上 書　店	都道　　　　　　市区 府県　　　　　　郡	書店名	書店
		ご購入日	年　　月　　日

本書をどこでお知りになりましたか?
1.書店店頭　2.知人にすすめられて　3.インターネット(サイト名　　　　　)
4.DMハガキ　5.広告、記事を見て(新聞、雑誌名　　　　　)

上の質問に関連して、ご購入の決め手となったのは?
1.タイトル　2.著者　3.内容　4.カバーデザイン　5.帯
その他ご自由にお書きください。
(　　　　　)

本書についてのご意見、ご感想をお聞かせください。
①内容について

②カバー、タイトル、帯について

弊社Webサイトからもご意見、ご感想をお寄せいただけます。

ご協力ありがとうございました。
※お寄せいただいたご意見、ご感想は新聞広告等で匿名にて使わせていただくことがあります。
※お客様の個人情報は、小社からの連絡のみに使用します。社外に提供することは一切ありません。

■書籍のご注文は、お近くの書店または、ブックサービス(0120-29-9625)、セブンネットショッピング(http://7net.omni7.jp/)にお申し込み下さい。

一つ大袈裟にため息をついてから白状した。

「……親友が引っ越して孤独なんだよ」

「おお！」

あっはっはと無邪気に手を叩きながらおじさんは腹を抱えて笑いだした。なんだよ。こっちは深刻なのに。

「なんで嬉しそうなんだよ！　腹立つんだけど」

「なんでって、おじさんとお揃いだからだよ」

そうかそうか……一人か、と微笑むと真面目な顔をこちらに向けた。笑われた苛立ちでぽこっとおじさんを小突く。おじさんはタバコが危ないとのそりとかわすとワシワシと頭を撫でて少し距離を取った。

「落ち着けって。大丈夫だ。幸い子供のうちはやり直しが効くもんなんだ。ほらほらいるだろ、同じように孤独を抱えた困った少年がさ、隣のクラスに」

例のアイツ。タカミ。

……うぇ、本気か？

「やだよ、アイツと友達になりたかないよ」

「おっと？　俺は誰と友達になるかなんて言っていないぜ」

うわ。カマかけられた。二重に腹が立つ。

おじさんは「決まりだ」と笑いながら唇を開けた。吐き出された煙がゆらゆらと立ち昇る。

「別に友達になるのって、そんなに大それたことじゃない。話すことは別になんだっていい。味方だと相手に伝われば万々歳さ。何においてもな」

「たとえば学校はうんこみたいだな？　みたいな話しかけ方？」

「そうそう、その調子だ」

「あのさ、おじさんそれさぁ……適当だろ」

「お、バレた？」

「誰かの役に立つことって簡単なようで、めちゃくちゃ難しいことなんじゃないか？」

「役に立つか立たないかは、その人の状況にもよるからなぁ。要は運だよ。運。ハイジマ君」

そう言いながらおじさんはいつも通りに目を細めて、タバコの煙を吐き出した。煙は夕焼け空に溶けていった。ぼんやりと煙を眺めていたら不意に風が吹き、もろに風下のオレに直撃した。

大袈裟に咳き込んでおじさんを睨んだ。

おじさんはニヤッと笑うだけでそこを退く様子は見せない。

「いつまで迷っているんだい。声をかけりゃいいんだ」

補講もこれで最後だ。

タカミは改札を通り抜けた。駅の構内から屋内へ走り抜けると夏らしい真っ青な空が出迎えた。こんなにも晴れ渡っているし、補講に関する昨日までのテストはほぼ満点を取った。何も心配はない。今日のテストさえ乗り越えれば、八月は心置きなく夏休みを味わえる。予定では。

そうであるにもかかわらず、いっこうに気が乗らないのは成本がずっと張りついているからだ。自分ができうる簡単な除霊もいくつか試したが、成本はいっこうに離れる気配がなかった。自分より大柄な男が背中に張りついている違和感たるや。

正直、いまこの状態で灰嶋に会いたくねぇな。

だって絶対笑うだろ、あいつ。

駅から校舎までのルートはいくつかあるが灰嶋に鉢合わせしないルート、あったっけか。……どうせ教室で鉢合わせるからムダか。

あれこれ考えて結局いちばん近いルートを選択することにした。灰嶋はムダに朝に強いから、すでに席に着いているかもしれない。僕と違って人気者の灰嶋だから。きっと楽しくおしゃべりしているだろう。そうに決まってる。

のろのろと足を進めると、夏の日差しで暖まった風がぐんと僕を追い越していく。まだ八時前だというのにじわじわと蝉が騒ぎ始めた。夏は虫も人間も、亡くなった人間でさえうるさい。本当に心の底からイライラする。

取り憑かれた時の頭痛や身体のだるさも相まって、目や耳につくもの全てが鬱陶しかった。ちらりと後ろを見やると相変わらず真顔の成本が足音もなく背後に張りついている。

取り憑かれた時や、その辺を彷徨っているこの世にはいない人たちを見るたびに疑問に思う。彼らはなぜ真顔なんだろう。電車に乗り合わせていても、生きている人間たちとは明らかに違う。感情という要素が欠落した残留思念みたいだ。

ただそこに立っている。ただそこを通り過ぎる。それだけなのだ。

もちろんテレビの心霊番組でよく見るような主張だってしてみせる。誰もが震え上がるような血塗れな姿で現れることだってある。ただそれは主張したい何かがある場合であって、普段は無表情だ。

いざ掃除をしようと試みている時だって、彼らの表情はなんというか……読みにくい。生きている人間とは違って極端に表情や反応が乏しいのだ。自分の説明がどこまで彼らに伝わっているのかだって分からない。だったら初めから視えない人間でいたほうがずっとずっと良かった。

どんなに人気者の芸人だって、あんなノーリアクションの彼らを見たら心折れるだろう。承認欲求の塊の灰嶋ならなおさら。

昔からずっと考え方は変わっていない。

僕に掃除人は向いていない。これが一貫して変わらない僕の考えだ。それどころか接客業だって向いていない。
人付き合いが極端に苦手なのに、誉田や案内人たちは、よくもまあ仕事を押しつけようとするよな。人を助ける余裕なんかないっつの。

かといってやりたいことがあるのかと問われれば、正直答えられない。嫌いな物事や、やりたくない仕事ははっきりと分かるのに、自分にできそうなことだったり、したいことは、これといってないのだ。
唯一挙げられるとすれば、家を出て掃除人や幽霊の類いとはいっさいかかわりのない世界へ行きたい。もちろんいま後ろに張りついている成本だってかかわりたくもない。見て見ぬふりをして死ぬまで知らんぷりをして生きていく。

それだけが僕の唯一の望みであり希望だ。

そう考えながらふらふらと校門を通り過ぎる。夏休み期間中だけあってこの校門を潜る生徒は少ない。大抵は僕のように補講に来たやつらか、部活のためのどちらかだ。
強烈な目眩と吐き気が思考力を削いでいくのが手に取るように分かる。これはいずれひどくなる頭痛だ、と。

ほどなくして冷や汗が吹き出しズキズキと頭が痛みだした。踵が潰れかけた上履きを履いて深く息を吐いた。よろよろと壁に身体を預けて頭を押さえる。

夏休み中は保健室空いていたっけ……？

頭を振り、手すりに体重をかけて少しずつ上っていく。かすかな身体の揺れに反応して頭痛もひどくなった。よりにもよって学校に着いた途端これだ。本当についていない。


僕にとっては最後の補講のテストがある。世界史だ。このまま受けられるか？

あれこれ逡巡しながら指定された教室に入ると、すでに教室は八割方埋まっていた。この学校の補講は学年で赤点を取ったやつが一箇所に集められて行う。期末テスト自体はたいした難易度ではないものの、当然ながら一定数赤点を取るやつがいる（テスト自体その教師の難易度にもよるが）。

世界史は赤点を取った人間がそこそこいるらしい。昨日の数学より十人ほど増えていた。この調子だと一クラスまるまる埋まるだろう。

この補講で及第点を取れなければ課題が追加される。やたらと分厚い教師お手製の問題集が。できればパスをしてぇな。そう思った時、ズキズキと頭に痛みが走った。……無理そうだな。

灰嶋は復習に必死でこちらに気づかない。邪魔をしないようにそっと横を通り抜ける。今日は昨日と科目が違うため、少し席がずれる。昨日は灰嶋が隣の席だったが、間に人が入り、灰嶋と隣同士ではなくなった。

後ろのドア付近に張り出されていた座席表を確認し、指定された席へ。気づかれないように灰嶋の斜め後ろの席に着く。鞄から頭痛薬を取り出し急いで口に放り込んでミネラルウォーターで無理やり流し込んだ。水分が足りなかったのか錠剤はゴロゴロと喉周りの粘膜を削り取りながら滑り落ちていった。不快極まりない。

机に突っ伏し瞼を下ろす。目を閉じて静かに成本を意識から遠くに追いやる。それから頭痛を宥めるように呼吸を整える。憑かれた時によくやるやり過ごし方だ。

除霊に関することは前に教わったろ、タカミ。何をやってんだ、しっかりしろ。大切じゃない。大切じゃない。これは大切にはしない。死人は大切じゃない。生きている人間を大切にして生きていくんだ。いま自分が優先させるべきは死人じゃない。補講のテストに集中するんだ。

そう自分に言い聞かせつつも頭痛のせいも相まって苛立ちが募るばかりだった。追い出したばかりの祖父の含み笑いがそばで聞こえたような気がする。祖父の顔が耳元へ。

〝まだそんな気休めに頼っているのか？　ん？　まったく、無様だな〟

うるせぇな、死人は引っこんでろ！

どんなに祖父のことを頭から切り離そうとしても、祖父は面白そうにこちらをニヤニヤと笑って見ていた。脳みそから閉め出そうとしても、ドアを蹴飛ばして祖父はすぐそばに立った。仁王立ちをしたまま腕を組み、辺りを見回すと壁にもたれかかった。祖父が人を馬鹿にする時の仕草だ。

〝波長同通の法則は前に教えたな〟

祖父は含み笑いをしながらこちらを見下ろし、口を開いた。

〝人はそれぞれ違った波長と波動を持っている。波長は「その人が持っている意識や理想の高さ」、波動は「意思の力の強さ」だ。いわば行動力や実行力ってやつだ。

いいか、どっちかが低くてもいけない。理想は均等にバランスが取れていることだ。大抵はどっちかが欠けているんだがな。

いまはまだお前さんは気にしなくて良い。掃除人でメシを食うようになったら教えてやる。子供のうちはどっちも高いから気にしなくていいんだ〟

チラリと腕時計を見やる。補講のテストが始まるまで三十分。そのころには頭痛薬も効き始め、祖父も消え去るだろう。そう思いつつも祖父はかまわずしゃべり続けた。

〝大人になるとこれらは脆くなる。意思も理想も低くなるんだ、タカミ。

大人になると臆病になる。

大人になると身勝手になる。

大人になると知らなくて良いことまで知っちまう。

大人になると先読みして勝手に傷ついちまう。

大人になってもルールや責任がつきまとう。お間抜けのままではいられないのさ。俺たちは自由じゃないって大体気づくんだ〟

鞄の中からミネラルウォーターと復習していたノートを取り出し、覚えるべき事項をペン先でなぞる。祖父はまだ脳内に居座っている。……早く、出ていけ。

祖父がもたれかかった壁から身体を離し、机に一歩近寄る。痛む頭を掻きむしり祖父を睨むと祖父はニヤッと笑った。

〝大人はある程度心を汚くしていかないと世渡りできないからな。いつまでも綺麗事なんて言ってられないんだ。俺は生憎マザー・テレサじゃない。ガンジーでもない。聖人じゃない。ただの一介の商売人にすぎない。理想の高さで飯は食えない。きったねえ契約ありきの掃除人なのさ。

俺たちは依頼主の言うことに、「はい、そうですか」と相槌を打って責任を全うするだけだ。依頼人がひょっこり来る。困り事を解決する。それから金にありつく。それだけさ〟

左腕の時計を再び確認する。まだ二十分以上時間はある。復習の時間はたっぷりあるのに覚えた人名や地名や年月日が手から面白いようにすり抜けていった。祖父がまた一歩近づく。

〝な？　でもこれが世間様のあり方なんだよ。不幸の上で俺たちは飯が食えているんだ。プログラマーも物売りも医者も教師も葬儀屋も浄霊も変わらない。金なり、他人の手なりをうまく使って不幸を地道に減らすか回避しているにすぎない。不幸の絶対的な量は変わらないのさ〟

あと、十五分。耐えろ。耐え抜け。死人に構ってる暇はないんだ。

〝掃除人はある程度汚くてもいいがな、自分の心の状態がどの程度か正確に推し量れるようになれよ。連中は隙あらば俺たちの身体を乗っ取りにくるからな。アイツらかなり自己中で厄介だぞ〟

そんなこと、分かってるよ。じいさん。

掻きむしり、火照った頭を机に押しつける。木の匂いとひんやりした机が少しずつ頭の熱を奪っていった。心なしか頭痛も治まりだしてきた。せり上がる胃液を押し込め、深く息を吸って新鮮な空気で肺を満たした。落ち着け、落ち着け、落ち着け……。あと十分。祖父がまた一歩近づいた。

〝三流のお前に教えてやる。お前はいま間違いなく、波動も波長も低い。前にも教えたろう。憑かれるヤツにも原因があると。波動が低いとその辺の浮遊霊が立ち寄りやすくなるし、波長が低いと悪霊に意識を乗っ取られちまう。

いちばん最悪なのは波長が低く、波動が高い時だ。こういうヤツに取り憑くヤツは大体殺人鬼みたいなヤツが多い。連中は自分の意見が正しいと信じ、こちらの言い分にも耳を貸さない。行動力がある分だけ、取り憑いたヤツにも影響を及ぼしちまう。

そいつの身体を借りてまた同じことを繰り返すのさ。ああ、連続殺人犯の中には何人か取り憑かれているやつもいたな〃

机に額を押しやりながら腕時計を確認する。あと五分。あと……。

〃いいか？　もう一度言ってやる。俺たちはハナから不幸で負け組で、その不幸を地道に減らしているにすぎない。幸福になんかなりやしない。学校だって、病院だって、警察署だってそうだ。きたるべき不幸を防ぐためにあるモンだよ。

アイツらだって放っておくと余計に不幸になるからこうして掃除しているのさ。そのために俺たちがいるってわけだ。俺たちは最後の砦。掃除人さ。不幸を防ぐための防波堤さ。汚れ仕事なのさ〃

祖父が耳元で囁いた瞬間、胃液がせり上がり、ごぼりと吐瀉物が溢れた。ろくに朝食べてこなかったせいか粘ついた液体が押さえた口元を滴り落ちた。周りの人間が驚き、視線が集まる。斜め前の席の灰嶋も。

高穂。

祖父と目が合ったのを最後にぷつりと意識が途切れた。

04　初代ヒーロー

「よお、我が親友のゲロ魔神」

　薄目を開けると何度か世話になった保健室の天井と、殊勝な表情を浮かべた灰嶋がこちらを見ていた。少しずつ茫洋としていた視界が鮮明になり、消毒液の臭いが肺を満たした。口の中がゴロゴロとして気持ちが悪い。

　教室で意識を手放して以降の記憶がない。あれからどのくらい時間が経ったんだろうか。あれこれと記憶を手繰り寄せている横で、灰嶋は慌ててゴソゴソとベッドの下の鞄から何かを取り出そうとしていた。

「起きられるか？　飲めたら飲め」

　ひんやりとしたミネラルウォーターのボトルが頬に当てられた。受け取り、素直に口をつけた。身体を揺らすと胃がキリキリとうめきだした。……いてぇ。僕は思わず腹を押さえた。いったい僕は教室で何を……。

「薬……」

　のろのろと身体を動かすと、いつのまにかそばにいた養護教諭が呆れたようにこちらを見て、小さい子供を嗜めるように注意した。

「あなた、胃腸に何も入れず頭痛薬を常飲していない？」

「……してません」

「してます」

射抜くような養護教諭の鋭い視線から顔を背けながら応えようとすると、灰嶋が意気揚々と言葉を遮った。思わず灰嶋を睨むと勝ち誇ったような顔をこちらに向け、養護教諭に満面の笑みを向けた。こいつ……。女となると見境ねぇな。養護教諭はそのままデスクに戻り、パラパラと書類をめくりながら続けた。頭痛だけではなく、シクシクと胃が痛む。


「灰嶋君に感謝しなきゃね」

「そうだぞ」

灰嶋は「オレがお前のゲロを片付けたんだからな」と言いつつ胸を張ってこちらを見た。

「これはラーメン二杯分の働きだと思うぜ」

「…………」

「お前がゲロした席のやつ、可哀想だよな。夏休み明け、ゲロくさい机が待ってるんだからさ」

何も言わずに抗議の意味を含めて灰嶋を小突こうとしたらさっとかわされた。ひょろひょろとしたパンチは空を切り、灰嶋に腕を押さえられる。そのまま丁寧にベッドの布団の上に腕を下ろすと、再び屈んで鞄の中身をごそごそと漁りだした。

「それから世界史の先生から俺たちに愛のプレゼントだ」

分厚い問題集を投げて寄越した。僕は人がいる教室内でゲロを振り撒き、補講のテストも受けられず、この分厚い問題集を解く羽目になったのか……。最悪。最悪。最悪。

頭を押さえつつも、ふと気になって灰嶋に問いかけた。

「灰嶋はテストを受けなかったのか……？」

「うんにゃ。その場で採点されてギリギリ届かなかったんだな、コレが」

「これでお前とお揃いだな」と、笑いかける灰嶋の顔を見て一つ息をついた。良かった。とりあえず僕のゲロの片付けで灰嶋の貴重なテストの時間を奪ったわけではなくて。

「とりあえず、オレに感謝したまえ」

「ごめん」

「オレの希望している言葉と違う」

養護教諭が呆れながらデスクの向こうから呼びかけた。

「回復したなら出てってくれる？」

慌ててベッドから飛び降りた。成本はまだいるのだろうか？　辺りをさっと見回したが、やつの気配がまるでない。頭痛もいつのまにか消え失せていた。灰嶋が持ってきてくれた鞄を肩に引っかけ、上履きをつっかけて灰嶋のシャツの裾を掴んで出口へ向かう。ペコリとお辞儀をし、廊下に灰嶋の裾を掴んだまま飛び出た。

「おい、強く掴みすぎだ。シャツがよれるって」

「あいつ、どこ行った？」

「あいつ？」

「成本だよ」

ああ、と納得しかけた顔をして灰嶋は口を開く。

「お前がゲロ振り撒いた時もそばにいたが、保健室に運んだ時はもう姿は見えなかったな」

そうか……。担当が変わったのだろうか？　離れてくれたのならもういい。ふーっと息を吐くと灰嶋の腕を離した。祖父の言う波長か波動が合わなくなっていづらくなったのだろう。

離れてくれて良かった。

あいつがいなくなってくれて、心底良かった。口には決して出せなかったが本当にそう思った。

本当に僕はクソ野郎みたいだな。いつか灰嶋に言われたことをぼんやりと思い出した。

相変わらず、吉野が転校してからの放課後は地獄のような時間だった。
帰りのホームルームが終わり、掃除の当番がない人間がわらわらと我先に飛び出していった。
掃除当番のために教室に残った数人は顔を見合わせ、廊下のロッカーのほうへと目配せした。

オレはうなずいて掃除用具を取りに向かう。もう同級生は名前を呼んではくれなくなっていた。教室内で自由にジョークを飛ばせる権利がいつのまにかなくなり、静かに同級生の望む都合の良い人間になることを求められていた。

昔の道化師を演じられていたころがとても懐かしい。すでに吉野がとても恋しい。まだ二週間も経っていないのに。明確なことは何も起こっていない。これはイジメですらないのは分かっている。ただし爪弾きにされようとしているのは明らかだった。ここでノーと言ったらアイツらはどんな反応をするのだろうか。隣のクラスの問題児みたいにクラス中を敵に回して女子を泣かす大罪人になるのだろうか。

自分はこんな役回りを決して望んでいるわけではない。クラス中のやつら、なんなら担任でさえもこうした役回りを押しつけようとしているらしかった。

のろのろとロッカーまで歩みを進めて三本の箒と二本のモップ、それからちりとりと子箒を抱える。

全てを手に持った後、隣のクラスの扉から相変わらずつまんなそうな顔をしたタカミが出てきた。タカミたちも掃除をするらしい。さっさとタカミは自分のモップだけを手に持ち前方のドアに向かっていくところだった。

『いつまで迷っているんだい。さっさと声をかけりゃいいんだ』

いつかのおじさんにそう言われたものの、タカミの背中を見かけても到底声をかける気になれなかった。両足がリノリウムの床に固定され、声すら出せなくなる。

クラスのやつらは決して表立ってオレを笑わない。だが、遠回しに嘲笑をすることが増えた。とうとう本物のピエロへ。ここでタカミに声をかけたって、いったい何が変わるんだ。最初から一人でいるより、分かり合えないやつといるほうがずっとずっと寂しい。このまま全員の笑い物になるより、このまま一人でいたほうが平穏な気がする。


前方のタカミがくるりと身体を反転させてこちらに向かって歩いてくる。備品のモップが壊れていたようだ。替えの備品に交換してもらうべく職員室隣の備品が置かれている場所に向かうようだった。

……声をかけてもいいのだろうか？……待て、本当にこれで無視されたらオレは当分立ち直れない気がする。

二十メートル先にタカミがいる。タカミは眉間にシワを寄せてコツコツとモップが取りつけられた部分を叩いた。十メートル先にタカミがいる。足はまだ床に張りついたままだ。

どうする？　行ってしまってもいいか？

おじさんとの会話を思い出す。

『話すことはなんだっていい。味方だと相手に伝われば万々歳さ』

『たとえば学校はうんこみたいだな？　みたいな話しかけ方？』

五メートル先にタカミが。

決めた。漢を見せる時がここできたらしい。深く息を吸い込み、タカミのほうへ足を進める。

こちらの視線に気づいたタカミが少し驚き、パッと顔を上げた。目線を逸らさない。足を踏みしめて一歩前へ。そして口を開く。

「お前ってクソみたいなやつだよな」

校舎を背にし、照り返しがきつい道路を灰嶋と二人でひた走る。

「このまま頑張れば十一時台の電車に間に合うぜ」

灰嶋が僕の数歩先を突っ切っていく。一応追いつこうとしたが走るたびに胃がキリキリと唸り、頭がズキズキと疼き始めた。

痛い。額から流れた冷たい汗が乾き切ることなく焼けたアスファルトに落ちてったのを見た。もしかしたらまだ成本はいるのではないだろうか？　そう考えたが周囲には成本の姿は見当たらない。単純に体調がすぐれないのだろう。

決して虚弱な人間ではないと自負はしているが、さすがに交通事故に遭ったやつの憑依は肉体のダメージが大きい分、憑依された時の影響は計り知れない。成本に対しての苛立ちは依然として消えずに残っている。

……アイツさえいなければ。あんなやつさえいなければ。クソッ。そう思えば思うほど、死人の反発を招くと分かっているだろ？

成本だけではない。悲惨な死に方をした祖父にしろ、約束事をして消えていった七海にしろ。あらゆる人間に対しての怒りは収まることを知らない。それからつきまとう死者たちにも。それから誉田も。

今さら死人の分際で、生きてる人間の邪魔をするなよ。

「……灰嶋、僕は無理だ。先に帰っててくれ。コンビニで少しだけ休んでから帰ることにする」

灰嶋はこちらを振り返ると、やれやれと頭を振りながら、隣へ戻ってきた。

「オレたちは運命共同体だろ？　水臭いぞ親友」

肩を貸そうかと訊ねる親友に「いや、いい」と首を振って丁重に断ると、灰嶋は並んでのんびりと歩き始めた。なんだか申し訳ないなと思っていたら「追加料金五十円な」とけらけらと楽しそうな笑い声が降ってきた。良い親友だ、これが人気者たる所以なんだろうな。暑苦しくデリカシーに欠ける人間ながらも基本的には優しい。あの強気な天野が恋に落ちるのも分かる気がする。

そういえば天野は元気にしているだろうか？

そうぼんやりと考えながら、灰嶋の背中を見た。突然灰嶋がピタリと歩みを止め、ぶつかりそうになる。つんのめり、バランスが崩れた身体を立て直すと、灰嶋に抗議の声を上げた。

「おい、灰嶋！」

灰嶋は口を開いたまま、古びたビルを見上げていた。目的地であるコンビニの手前、五階建てのビルの上に人影が見えた。表情はよく見えない。が、体格の雰囲気や服装の様子からして男性であるというのは見て取れた。灰色の作業着を着た男性がふらふらと屋上に立つ。

灰嶋がビルのほうへ慌てて駆け出し、こちらも後を追う。男はこちらの様子に気づく気配はなく、ゆっくりと重心を傾けた。まさか受け止める気か？　無茶に決まってる。

「灰嶋！　ソイツは死者だ」

「分かってる！」

声を荒らげた灰嶋の声に思わず身がすくんだ。男が屋上から倒れ込み、速度を上げて地面へ落ちていく。鈍い衝撃音が目の前から響いた。灰嶋はその男に手を触れようとしたが、条件反射で差し伸べた手を慌てて引っ込める。

〝こういう時、きちんと挙動を確認しないとみすみす身体を乗っ取られるからな〟

皮肉めいた祖父の笑い声が聞こえた。

うるさい、うるさい。黙ってろ！　そう思いつつも、灰嶋を死者から引き離す。十分すぎる距離を取って、灰嶋がこれ以上死者に近づけないように。

実際、祖父は正しい。

亡くなった人間だって、誰しもが助けを求めているわけではない。明確な悪意を持って、生きている人間の身体を乗っ取ろうとする死者だっている。自分の姿が見えないことを良いことに、堂々と悪さを働くやつだって。

倉原家で脈々と受け継がれている掃除人の掟は、恐らく善意で手を差し伸べて悲惨な目に遭遇した先人の掃除人たちの流した血の上に成り立っている。

掃除が正しく行われるには、いくつか条件がある。

後ろに立った祖父が囁いた。にやにやと不快な笑みを浮かべてゆっくりと口を開く。

〝必要とされていなければ、そもそも俺たちは不要だからな〟

額から冷や汗が流れた。アスファルトに落ちた汗は決して体調不良由来のものなんかじゃない。

暴れる灰嶋を力の限り押さえた。落ち着け、落ち着け……。コイツは……。

〝俺もソイツも現実だぜ？〟

足がもつれて二人で地面に倒れ込んだ。灰嶋が緩んだ腕を振り払って死者のほうへ駆け出した。

「待て、灰嶋！　その男に触れるな！」

灰嶋がこちらの叫び声に一瞬身を怯ませた。その時、死者がゆっくりと指を動かした。灰嶋も僕も動けない。ただ蜘蛛の巣のような頭から飛び散った血糊を見ている。男がゆっくりと地面に手を這わせ、少しずつ身体を立たせてゆく。ひゅーひゅーと漏れる吐息は苦しげだ。だが何も言わない。何も言えない。

祖父が口を開く前に自分の口から溢れ出た。

「……自殺者のペナルティー」

灰嶋が怪訝な表情を浮かべてこちらを振り向き、視線をもう一度前の男に戻した。

「……なんだって？」

「自殺した人間のペナルティーだよ」

午前中の日光をめいっぱい取り込んだアスファルトは、すでに地獄のような熱さを放っていた。灰嶋がアスファルトの熱に驚き、急いで身を起こす。こちらも地面から手を離し、うつ伏せになった髪の長い男の背中をじっと見つめた。僕より背が高く、灰嶋より背が低い細身の男だ。顔は姿勢のせいでよく見えないが、若者というよりは中年といった背格好だった。

観察していると、男の節くれだった指先がかすかに動き、地面をガッチリと掴んだ。苦しげな呻き声が聞こえたが、言葉らしい声は聞こえない。男は何も言わず、腕を支えにしてのろのろと立ち上がる。頭から鮮血を滴らせ、一瞬こちらを見た。

男の目は虚ろで、自分の手足を確認すると一瞬不思議そうな表情を浮かべた。

〝——死者と目を合わせるな〟

蛇のような鋭いしわがれ声がすぐそばで聞こえた。いちいち言われなくたって分かってるよ、じいさん。

慌てて地面から立ち上がり、体勢を整えつつ灰嶋のほうに近寄った。灰嶋は声をかけるかどうか逡巡しているようだ。

「まだ声をかけるなよ」

「なんでさ」

「どんな人間か分からないからだ」

じわじわと蝉の鳴き声が響く中、男がゆっくりとした足取りでビルの非常階段のほうへ吸い寄せられていく。灰嶋が眉をしかめたまま、小声で尋ねてきた。

「あのさ、タカミ。さっきの……」

「何」

「お前、言いかけたよな」

「自殺者のペナルティーのことか？」

見てれば分かると僕は無言で男を見つめた。

揺らめいた影のように静かに階段を上る、ゆらゆらとした陽炎のような男を見つめながら。

05　ペナルティー

いまから十年ほど前の話だ。

僕が小学生に上がるか上がらないかくらいのころ、やたらと蒸し暑い夕暮れ時で、祖父が珍しく汗をかいていたのを覚えている。その日は事故物件での浄霊だった。あまりに小さなころだから記憶は朧げだ。

確か対象者は首吊りだったと思う。幸いにも死後すぐに発見されたため、腐敗臭はせず、親族が荷物を引き取ったため部屋は新築同様に整えられていた。

部屋主の女性が首を吊ったであろうロフトの鉄柵も歪んではおらず綺麗なものだった。高穂が口を開いた。

「なあ、タカミ」

祝詞を上げ、掃除を終えた高穂が正座から胡座へ姿勢を変えた。依頼者であるアパートの管理人から受け取った封筒を眺めながら感慨深げにため息を吐いた。

「どいつもこいつも女々しいったらありゃしない。お前はこんなふうになるんじゃないぞ」

そう言いながら、高穂は封筒から札束を取り出す。きちんと代金が揃っているか確認し終えると雑に封筒にしまい、懐に収めた。

それから、そばにあった扇子で乱暴にあおぎながら再びため息を吐く。

依頼人や対象者がいなくなると祖父はとくに饒舌になる。本人曰く解説のつもりらしいが、大抵は聞くに堪えない愚痴ばかりだった。

僕は正座のまま姿勢を崩さず、真剣に聞いている風を装っていた。この時点ではまだ幽霊なんて信じちゃいなかったのだ。


「……でもまぁ、こればっかりはしょうがないわな」


祖父は身体が小さいくせに、やたらと声が大きい。祖父が愚痴を言おうと口を開きかけたところ、下の階の部屋から「うるさい」と神経質そうな女性の声とともにコツコツと箒か何かでこちらが座っている床を軽く小突く音が聞こえた。

祖父は大袈裟に肩をすくませて「アンタのほうがやかましいがな」とワントーン落として楽しげに笑った。

掃除をしている時以外に出る祖父の言葉は、大抵人への非難や批判だ。祖父にまつわる思い出の全てが悪いものではないとはいえ、あまりいい思い出もない。

だから必然的に祖父を思い出すと、トラウマのような体験もひっついてくる。迷惑なことこの上ない。

一応その中でも比較的マシなものは掃除中の祖父の姿くらいだった。僕が視えないと分かっていても、祖父はよく隣に座らせて掃除の様子を見せた。

父曰く、いずれ僕が家族を作って、子供が「視えた」場合、対処の仕方は覚えておいたほうが良いだろうとの名目らしい。掃除の仕事をせずにサラリーマンとして仕事に明け暮れる父の代わりに、高穂から掃除人のルールを一から十まで教わっていた。


いまから思えば、小さい子供には難しいことだった。案の定、掃除の間はずっと正座で足が痺れてそれどころではなかった。祖父から見れば僕は適性がない上に不真面目に映ったかもしれない。だが祖父はやめさせる気はまったくなかったらしい。どこに隠れようとも逃げようとも見つけ出して必ず隣に座らされた。


祖父は機嫌の良し悪しがハッキリとしている。機嫌が悪い時は誰も手がつけられなかったが、「掃除」をする時だけは凪のように穏やかだった。どんな相手でも決して怒鳴らない。ついさっきまで鬼のような顔をして追いかけてきた老人が、掃除中は菩薩のような顔になっていたのは忘れることができない。

その優しさをほんの少し家族に向けてくれたら、どんなに良かったか。

「僕にももう少し優しくして」

舌ったらずに溢すと、祖父は大笑いをしてこちらを向いた。

「優しさはタダじゃない。こいつぁ、営業スマイルってやつだ」

祖父は顔をしかめながら、扇子をワシワシとあおいだ。

「金を払ってくれたら考えてやるよ」

「けち」

「悪いなタカミ。いまのは死人に向けた餞だよ。怒鳴り散らかして死者が言うことを聞くならそうしているさ。

こうした人間は男女問わず、かなりの確率で出くわすようになる。そして例外なくお前自身も持つようになる感情だ。気をつけるんだな、どんなに精神が頑強なヤツだって折れる時はアッサリ折れるさ」

「……じいちゃんも？」

「あぁ」

この感情を持たないヤツがいたら、ぜひともお目にかかりたいモンだねと祖父は目を細め、天井を仰いだ。

「掃除人ではなくとも、いつかは必ず向き合わなければならない。だから楽しみ尽くすんだ」

祖父や父はよく知っていた。亡くなった後の人間の心の扱いを。そしてそれを掃除する術や心の在り方を。父が掃除人の役割を受け持つようになって僕に刻まれた祖父の遺言。何度も投げ捨てようと思ったが、記憶にこびりついて離れようもない忌まわしい掃除人の掟だ。

祖父のルール。

其の六、対象者に理解と礼を示せ。だが、決して共感しすぎるな。

其の七、この世を心の底から楽しみ尽くせ。できる限り現実を愛し尽くすこと。

掃除をするには自分の心を知らなくちゃならない。どんな状態か。掃除の仕事は、なるべくなら機嫌がいい時に引き受けるものだ。

でも僕には愛せそうにもなかったし、楽しみ尽くすなんて無理な話だ。いつだって嫌気がさしている。

いまになって僕は自殺した部屋の主に心から同情した。はっ、何が愛せだ? ふざけんな。

こんな世界、愛せなんかしない。クソ食らえだ。

◆◆◆◆◆◆◆◆◆

ビルの屋上に立つ男を灰嶋が口を開けたまま見上げた。男の重心が前へと傾き地面へ。屋上の端から足が離れた。

「タカミ、どういうことだ？」

「自殺した人間にはペナルティーがあるんだよ」

間髪容れず目の前で先ほどと同じように男が地面に叩きつけられた。灰嶋は一瞬身をすくませて、またこちらに視線を寄越した。どういうことだ？　という顔をしている。僕は男のほうへ視線を向けると口を開いた。

「聞いたことはないか？　自殺したやつは永遠の苦しみを味わうって」

「？」

「ああいうやつは、大体死んでいることすら気づかない。だから本来生きるはずだった寿命のぶん何度も自殺を繰り返すんだ。助けようとしたって、死ぬことに拘って何も聞き入れちゃくれない場合が多いんだよ」

「……だからって放っておけないだろ」

「自殺するような心持ちのやつが天国に行けると思うか？」

灰嶋が押し黙った。

「掃除人の説明にもあったろ。〝天国は心の状態が反映される場所だ〟と。人に向けた悪意は三倍になって自分自身に還る場所だ。いまの暗い気持ちのまま、感情にシビアな場所にいきなり連れていったって地獄のような場所に放り込まれるだけだ」

「じゃ、どうすりゃいいんだよ」

「放っておくしかない」

〝まるで忠実な犬っころだな〟

高穂が楽しげに笑っている。お前は呼んでいない、引っ込んでろ！

灰嶋が語気を強めて言った。

「困ってることには変わりないだろ‼」

「掃除人の掟を忘れたのか⁉」

祓い屋、もとい掃除人の最優先事項の掟。


死者に必要以上に干渉してはならず。助けを求めた者のみ与えよ。さもなくば代償を払え。


「あのおじさんは明らかに困ってるだろ。このままじゃ可哀想だ」

「でも、助けを求めてはいない」

そのまま説明を続けた。

「死んでいると自覚するか、助かりたいと思わない限り触れてはいけないんだ」

「意味分かんねー」

「……これは灰嶋自身を守るための……」

灰嶋が俯いたままつぶやき、今度は顔を上げて、こちらが言い終わらないうちにもう一度はっきりとつぶやいた。

「意味分かんねー！　見損なったよ！」

イライラしたように駅の方面へと灰嶋が歩いていく。急いで灰嶋の背中を追いかけようとした。ついてくんなと灰嶋が声を荒らげ、思わず怯んだ。

相変わらず高穂はニヤニヤとこちらを見ていた。

〝感情的になるなよ。掃除人にとって命取りになる〟

うるせーよ。じいさん。

灰嶋はひた走りながら駅へ向かった。
炎天下の中、走るんじゃなかった。肺が痛い。頭がズキズキと痛い。大分離れたにもかかわらず、タカミの視線が背中に突き刺さるのが分かった。親友の視線を切るように、急いで曲がり角まで回り込んで、息を整えた。汗が地面に吸い込まれ、黒いシミをいくつか落とした。

どうして。

信じたくない。オレは信じたくなかったよ、おじさん。あれは、いつかのおじさんだ。

フェンスに寄っかかってタバコを吹かしていたおじさんだ。ねだったら呆れたようにジュース
を奢ってくれた年の離れた友達だ。大切な友人。

どうしてだ？　一体、何があったんだ？


あのおじさんは「元気」ではなかった。

そもそもこの世にいなかった。

チラリと腕時計を確認すると、次の電車が来るまで五分ほどの時刻だった。
せっかくタカミと離れたのに、駅で合流するのは少し気まずい。なんとしても電車に間に合わ
せなければ。
駅の階段を数段飛ばしで走り抜け、改札を滑るように抜ける。時計を見るとちょうどの時刻だ。
空いていたベンチにどかっと腰かけ、思わず脱力する。駅のホームにはウチの学校の生徒がま
ばらに立っていた。この様子だとまだ電車は来ていないようだ。よかった。間に合った。
急いで駆け抜けたせいか何人かの視線を集める。それを全て無視し、まだ荒い息を整えながら
スマホを見た。真夏の強い日の光のせいで画面が見づらい。タカミの謝罪のメールはなしか。が

っかりしつつもなんとなく安心を覚える。いまはタカミに構ってる暇はないんだ。

そう思いつつも、あれこれと逡巡していると、ふとタカミの話を思い出した。補講が全て終わり帰り支度をしていた時、タカミがぼんやりとしゃべりだしたのだ。

「灰嶋、心霊スポットの作り方って知っているか？」

「なんだよ、藪から棒に。そもそも心霊スポットって人為的に作れるものなのか？」

タカミは何も答えずに廊下のほうをちらりと睨みながら溢した。

廊下からは男女数人の楽しげな笑い声が響いている。

「アイツら、補講終わったら心霊スポットを巡るらしい」

タカミは続ける。

「亡くなった人間が普段どこにいるのかに興味はない。だけどじいさんから教わった死者の行動原理は、なんとなく予測はできる」

タカミが雑に参考書を鞄にしまいながら廊下を見やった。


アイツら。

恐らくタカミが指したのは、たったいま廊下に出ていったグループのことだろう。普段から声や態度がでかく、この教室の実権の八割を握っているといっても過言ではない。男女数人のデカすぎる声が廊下に響き、教諭の怒声が響いた。タカミが口をゆっくり開く。

「夏休み明けにアイツらの命があるといいな」

まったく情がこもっていない口ぶりでタカミが身を案じた。本当に心配しているんだか。

「死人に人は殺せないんじゃないのか?」

「でも、少なからず影響は受けるさ。死者自身に悪意があろうとなかろうと、未成仏のやつはそこにいるだけで周囲に影響を及ぼすんだ」

タカミは鞄を肩にかけながら、左腕の時計を確認した。それから顔をしかめて大袈裟にため息をついた。

「灰嶋、残念だがいまは電車がないぞ」

昼の電車は本数が極端に少ない。この時間に乗り込むと腰の曲がったお年寄りがまばらに座っているだけだ。利用者が極端に少ないからここまで本数を減らされたのだろう。オレとしてはせめて、もう一本増やしてほしいところだが。こればかりはしょうがない。

「マジか。まぁでも時間があるし。多少だべってても問題ないだろ」

そう言ってタカミの隣に腰を下ろす。タカミも窓の外をちらりと睨んでオレに倣った。オレはそのままタカミの話を促した。

「で、心霊スポットってどうやって作るんだよ」

「それにはまず、亡くなった人間がどんな行動をとるのかを説明しなくちゃいけない」

そうしてタカミはとつとつと話し始めた。掃除人の先輩として。掃除人の孫として。タカミのじいちゃんもこうしてタカミに教えていたのかもしれない。

「生きている人間に存在を認識されていないと気づいた死者は、なんとか家族のそばにいようとする。無理やり生前と同じように過ごそうとするやつだっているさ。だから、この世に留まれる四十九日の間は思い入れのある人のそばをうろうろしている。ある程度落ち着いたら案内人と話ができるようになる。

ただ見知った人たちが自分抜きで楽しそうに話していたりすると大抵は疎外感を感じるようになる。亡くなったまま、一度心が折れたら持ち直すのは大変なんだ。気持ちが暗くなると案内人にも会えないしな。

普段から人に好かれやすい賑やかな人間ほど、孤独感を募らせやすい。そうした人たちは少しずつ人がいない場所へ移動していく。家族がいるリビングから、用のある時しか立ち入らない台所や風呂場へ。それでも耐えられなくなったら家の外の車の中や離れへ。それを少しずつ繰り返していくんだ。

　困ったことに、こうした孤独は人間を独り善がりにさせやすい。次第に通りすがりの人ですら遠ざけようとする。

　最終的に行き着く先は廃屋や廃校になった校舎だ。

　そうしてめでたくできるのが心霊スポットだ。

　全ての死者がそこで最期をとげたわけじゃない。もちろん当事者が居座って人を巻き込んでできる心霊スポットもあるけどな。ああした場所には孤独感に苛まれて死んだ人の他に引き寄せられてきた人も集まることのほうが多いんだ」

　そこでタカミがまっすぐオレの目を見て睨んだ。思わず怯む。

「こうした孤独感に苛まれている最中に、あんな楽しげな連中が自分を見物しにきたらどうなると思う？」

「……そりゃ、怒るだろ」

　タカミはオレの返答に満足そうに唇の端っこを持ち上げると、廊下のほうを見た。もう例の彼らはいない。

「アイツらは心霊スポットの仕上げに行ってるようなモンだよ。いわば死人の悪意を増幅させるトリガーなんだ。心の整理をつけるためにわざわざ人気のない場所に離れたのにな……」

思わず背中に冷たい汗が流れた。

「タカミは……止めないのか？」

「はっ、止めるだって？」

タカミがこちらを睨みつけたが、そのまま床に視線を移して口を開いた。

「忠告を素直に聞くやつらだったら、とっくにしてる」

06 善行

スマホにはタカミからの反応はない。静かなスマホをぼんやりと眺めつつ、タカミの言葉を思い返していた。

『ああいうやつはな、大体死んでいることすら気づかない。だから何度も自殺を繰り返すんだ』

じゃあいったい誰が、あのおじさんを助けるんだ。

『助けようとしたって、死ぬことに拘って何も聞き入れちゃくれない場合が多いんだよ』

そんなの、やってみなくちゃ分からないだろ。友達だったオレなら助けられるんじゃないか？

駅のホームには補講を終えた生徒が増えつつあった。額を押さえて項垂れた。どうしてあの時言い返せなかったんだ、オレは。情けなさすぎだろ。

顔を上げてホームを見回す。タカミの姿を探したが見当たらない。二度目の安心を覚えつつスマホに視線を戻す。適当なネットニュースをスクロールしたがさっぱり頭に入ってこない。タカミは死者を嫌っているあの性格だ。本当は掟にかこつけて助けたくないだけなんじゃないのか？

そう思うと親友に怒りが込み上げてきた。

いつかのおじさんが言っていた。

『怪物になる前に助けの手を拒む人ほど、助けなくちゃならない』

『俺が助けてって言ったら君は助けてくれるのか？』

オレは見捨てないよ、おじさん。

オレは傍観者にならない。

オレは絶対におじさんを怪物になんかさせない。

灰嶋がいままでに見たこともないような怒気を見せ、思わず後ずさる。こちらの怯えた表情を見ると失望したような表情を浮かべた。

「意味分かんねー！　見損なったよ！」

ものすごい勢いで目の前から走り去った灰嶋の背中を眺めながら、大分昔のことを思い返していた。

この表情は見覚えがある。

僕が「視えない」人間だと知った祖父や父の顔。

祓い屋の人間でありながら、まったく能力がないと分かって肩をすくめたクラスメートの顔。

トラブルを起こして職員室で説教をし始める担任の顔。そして、いままさに走り去った親友の顔。

僕はいったい何人に失望されればいいんだろう。

こうした時、脳内の祖父はだんまりだ。

そういえば掃除に関することはかなり細かい部分まで教わったが、肝心の世渡りの部分ではいつも口をつぐんでいた。恐らく祖父自身も世渡りがうまい人間ではないのかもしれない。

灰嶋に取り残されたこの場所は誰もおらず、いままさにビルの横の非常階段を上り始めた死者がいるだけだ。

違うんだ、灰嶋。助けるにもタイミングがあるんだよ。そう叫ぼうとしたけれど、当の灰嶋の背中は曲がり角に吸い込まれていった。決して見て見ぬふりをしようってんじゃない。心臓がバクバクと波打って冷や汗が噴き出す。視界が揺れピントがうまく合わない。

思わずしゃがみ込んだ時、右肩をつんつんと突かれる。いったいなんなんだと視線をやると、白いジャージが目に入った。

僕や灰嶋が通ってる学校のものではない。これは隣の女子校のジャージだ。比較的背の高い細身の女。……天野。

「……顔色悪そうだけど、大丈夫?」

「大丈夫そうに見えるか?」

天野は苦笑いすると、新品のペットボトルを差し出した。

「ごめん、質問の仕方違ったね。とりあえず、日陰に行かない?」

天野から差し出されたミネラルウォーターを受け取って、少し先のコンビニの日陰に移動する。

天野はよろよろと階段を上っていく男を見ながら、顔をしかめた。

「あの人、亡くなってる人？」

「……うん。実はさっき、その人が原因で灰嶋と言い合いになったんだ」

「どうしてそうなったの？」

「灰嶋の人助けを止めたんだ」

「……どうして止めたの？」

「ああいうタイプと下手にかかわれば、こちらが痛手を負うよ」

「……倉原君のお祖父さんみたいに？」


天野のその何気ない切り返しに冷や汗が噴き出た。

一瞬で身体が冷たくなり胃袋に氷を流し込まれたような寒気が走る。一瞬、自分たちが立っているコンビニの日陰。その影に高穂の死体を見た気がした。

日光がちょうど雲に覆われ、辺りが少し暗くなる。その瞬間、やかましいほど響いていた蝉の鳴き声が一瞬で消え失せた。

静寂が辺りを支配し、祖父の死体から目を離すことができない。心臓が静かに暴れだした。落ち着け、落ち着け、落ち着け。……これは違う。現実ではない。違うんだ。死体に構ってる暇はない。

だが視線は死体から外せない。天野の顔が後悔と不安がない混ぜになった空気を滲ませた。

一瞬、横たわった男の死体が視えた気がした。

祖父だ。………………じいさん。祖父がもぞもぞと口を動かした。

〝お前は誰も助けられない〟

視線が固定され、祖父の口元しか見えない。

〝ずっと我が身可愛さに誰かを身代わりにして生きていくんだ〟

身体が不自然に折れまがった高穂がぎょろりと目を見開き、こちらを見ている。高穂は僕の返答を待っているのだ。死体はにやにやと笑う。

目線をまっすぐ天野に戻し、「そうだ」と答えた。天野は「ごめん」と返し、そのまま続けた。

「辛いことを思い出させてしまって」。

「気にしなくていいんだ」

視線を元に戻すと高穂の死体はなくなっていた。ああ、本当に焦った。

あのさ、と天野は空気を無理やり変えようと明るい声で提案を示す。

「例の神様?……がいまは仕事で留守なんでしょう? 戻ってきた時に相談すればいいんじゃない?」

天野は誉田と僕の小競り合いを知らないらしい。僕は肩をすくめた。それは無理だよ、天野。

本人の前で掃除人にかかわらないと宣言をしたばっかりなのに。

「実は誉田の目の前で掃除人をしないと言い張っちゃったんだよ」

「それさ、いつものことじゃない？」

どういうことかと不思議そうな顔を天野に向けると、天野は唇の端っこを持ち上げて答えた。

「結局見捨てることなんてできないくせに。それが誰であろうとね」

天野はこちらの目をまっすぐ見てはっきり言い放った。

「倉原君はずっと期待に添って助けているじゃん」

その瞬間、雲に覆われていた日差しが顔を出した。景色が明るくなると蝉の鳴き声が遅れて響きだす。止まった時間が動きだし、目の前の道路を車が数台通り抜けていった。

「……天野、僕の親切は本心からのものではないんだ。必要に迫られてしているだけだ」

目を瞑り俯いた。

「ごめんな、本当は灰嶋と会いたかったんだろ？」

天野は困ったように笑うと、目線を逸らした。僕の質問には答えずにそのまま口を開いた。

「炎天下の中、倒れそうな人を放っておけないよ」

「……お節介だな」

「助けてもらっておいてなんなの？　その言い方」

間髪容れずに高穂がニヤニヤと笑った。

〝いまにこの女は大切な人間を失うぞ。物事の順序が間違っている典型例だ〟

横で含み笑いをする高穂を無視して、駅のほうを指差した。

「天野、いまからでも駅まで走れば間に合う。僕たちの友情にヒビを入れたくなければ灰嶋を追ってほしい」

「なんでよ？」

「浮気を疑われるだろ？」

天野は大笑いするとキッパリと言い放った。

「勘違いしないで。私のことを。それからあの人のこともね」

あれから灰嶋とは何もやりとりはない。
タカミはベッドの上で目を開けた。
数日はただベッドに寝転んで過ごした。壁際にごろりと寝転んで瞼をキツく閉じる。どんなにキツく閉じようと蝉の忙しない鳴き声まではシャットアウトできない。
気怠さが勝ち、起き上がれもしない。何も考えないようにしたいが寝転んだままの脳みそは勝手に思考を続けている。

学校の課題に関しては心配していない。七月中にほぼ全ての課題を終え、八月はまるまる自由時間に充てることができそうだ。一つの懸念を解消することができた反面、なんだか釈然としない。灰嶋や祖父の件が気がかりだった。それに七海のことだって。

誉田もたまに見かけることはあったが何やら忙しそうだ。声もかけず会釈だけして、そのまま通り過ぎることが多い。

誉田が心配していたトラブルらしきトラブルもなく、灰嶋とのこう着状態は続くのだろう。お互いに連絡も干渉もせず時間だけが過ぎていった。たまに天野ともやりとりをしたが、ほとんど誉田からの伝言のみで個人的な会話はほぼない。

友人と過ごす夏休みはない反面、幸か不幸か昨日受けたバイトの面接が受かった。この夏は暇で死にかけるということはないだろう。

何か空白を予定で埋めていないと、またやかましい祖父が現れそうだ。祖父を死者らしく死者たらしめるためにも、忘れることがいちばんいいに決まってる。だが灰嶋はどうだ？　灰嶋に関しては夏休み明けも一緒の空間で顔を突き合わせることになる。気まずさの極地だ。

そうならないためにも、関係修復のためになんとか連絡だけでもしようと思ってスマホを持ち上げる。しかし、肝心のメッセージが思い浮かばず、持ち上げたスマホを丁寧に机に置き直すに留まるとベッドに身体を沈めた。この夏は静かな夏休みになりそうだ。

灰嶋に壊された窓を見やる。半分ほど閉まり切らなくなった窓からは、いくらビニールで補修しようと灼熱の外気が流れ込んでくる。クーラーも一応はあるが、つけたところでたいして変わりはないだろう。

　じわじわと汗ばんだ背中の不快感も後押しして、一度シャワーを浴びるためにベッドから身を起こした。


　その時、玄関のチャイムが鳴り一瞬身が強張る。冷や汗が噴き出し、数秒間が開く。もう一度チャイムが鳴った。この家は近所でも避けられていて、セールスや宗教勧誘すら訪れない。たまに近所の子供に度胸試しで鳴らされることはあったが最近は来ない。

　いまは亡き祖父の影が薄まりつつあるこの家は灰嶋や誉田以外は近づくことすらないのに。一瞬居留守を使おうかと迷ったが、一度下りて確認することにした。そそっかしい母が鍵を忘れて出かけたのかもしれないし。

　そう思ってドアを開けると、もう一度チャイムを鳴らそうとしていた天野と神妙な顔をした大国主が立っていた。あわててドアを閉めかけたが天野がドアの間に足を差し入れ、信じられない力でドアをこじ開けた。

「ここでコントをやっている暇はないの。お願いだから助けて」

　天野が珍しく叫んだ。僕は諦めてドアノブから手を離した。

天野が来ている時点でなんとなく察しがついてはいたが、灰嶋は一人で浄霊に向かったらしい。僕が二人分のコーヒーを入れているそばで「だから言ったろ?」と言わんばかりのニヤついた祖父の顔がチラつく。おいクソジジイ、お前は黙ってろ。

天野から灰嶋の話を聞きながら、僕はぼんやりと祖父のことを思い出した。大抵のトラブルはこちらの事情をいっさい考慮せずに訪れるのだ。たとえこちらが熟睡していようと祖父はかまわずに「仕事」に連れ出していたっけ。

瞼を閉じると祖父の勝ち気な顔がちらついた。

07　地獄変

灰嶋は家路へ向かう電車の窓から外を睨んだ。日はまだ依然として高く電車の窓から覗く景色は煌々と陽に照らされていた。タカミが全速力で追いかけたって、きっとこの電車には乗れまい。行動力はタカミよりはある。

おじさんがタバコの煙を吐き出しながら言っていたことをよく思い出す。

「あのさあ、おじさん」

隣で呑気に煙を吐き出すおじさんに尋ねた。はいよ、と間伸びした声でおじさんは答えた。おじさんは右手にタバコ、空いた左手では長い骨張った指で器用にくるくるとネームプレートを弄んでいた。お決まりのここの工場は作業着に直接刺繍がされていてネームプレートを使う工場ではない。

「なんだい、ハイジマくん」

「それっておじさんのネームプレートじゃないんだろ？」

「……そうだよ」

「じゃあそれは一体誰の？」

「好きだった女のものだよ」

おじさんはいつものように汚れたフェンスに寄っかかり、煙を投げやりに吐き出した。相変わらず立ち位置と時間帯のせいで何となくおじさんの恋は実らなかったものだと察した。訊いてはいけない質問だったと子供ながらに後悔したっけ。次に紡ぐ言葉をどうしようかとあれこれ思い悩んで慌てていた時に、おじさんは苦笑いしながら右手をあげた。気にするなという顔を向けられてしまったのが余計恥ずかしい。

「付き合って暫くした後事故で亡くなったんだ。このネームプレートは葬式の時に彼女の親父さんがくれた形見だよ」

こんなもん渡されたら前なんて向けやしねぇよな、とおじさんは寂しそうに笑った。あの日からおじさんとは会っていない。

印象深く残っているのはおじさんの諦めたような顔だった。

「やりもしない、出来もしない、なんなら実力も資格も無いやつに限って文句を言うんだ」

いきなり何を話し出すんだとおじさんを見上げた時、「単なる独り言だ」と片手を上げて再びタバコを口に咥えた。その日はそのままお互いに何も喋ることはなくおじさんは仕事へ戻っていった。当然オレに向けられた言葉ではない。あの口ぶりからするとおそらく上司や取引先に向けられた言葉なのだろう。もしかしたら恋人に先立たれた悲しさも混じっているのかもしれない。分かりきった事なのに、自分に向けられた刃物のようにずっと心に引っかかり続けてきた。

タカミは言っていた。実力のないうちは迂闊に死者に関わるなと。

だけど、いまはどうだ？　いまは力や資格がある。文句を言う前に自分にも何かできるはずだ。昔は遠く手に届かなかったおじさんの背中に手が届きそうな気がした。オレはあの時とは違う。

「そうだろ？　おじさん」

いままでは見ていることしかできなかったが、いまは誉田のおかげでおじさんをはっきりと感じ取れるのだ。オレは親友ほど腰抜けでもない。

おじさんはなんでいなくなってしまったんだ。無性にそれが気になって仕方がない。死んだ理由なんて原因しか書かれないだろうがダメ元で検索をかける。おじさんと友達であったという自信が、今は自分を奮い立たせている。タカミには確かにできないかもしれないが、オレなら。

――もしかしたら耳を貸してくれるかもしれない。

早くしないと、その時、ふとある女性が同じ通りで亡くなったことが記載された記事が目についた。

僕が五、六歳ころの話だ。
「おい、タカミ。起きろ、仕事だ」
ゆさゆさと祖父が僕を乱暴に揺すった。
机にうつ伏せて寝ていたせいか身体のあちこちがギシギシと軋んだ。眠気に抗えず、頭をしたたかに机に打ちつけた。これは痛い。祖父の平手打ちよりも。

「地獄に落ちるヤツの顔を見てみたくはないか？」

祖父ながらなかなかに悪趣味な誘いだったと思う。机に突っ伏したままの僕を見下ろしながら続けた。

「掃除人の仕事だ。いまから地獄に落ちる人間を見に行くぞ。タカミ」

肩に置かれたシワシワの手を振り払って「行かない」と答えると平手が飛んできた。なぜこうも祖父は僕に期待をかけるのだろうか。幽霊なんてただの一度もろくに視えやしなかったのに。

「拒否権はない。大事なことだ」

横暴だと思いつつもゆっくりと身体を起こした。人の不幸が何よりも好物らしいゲスな祖父。将来はこうはなるまい。視えたとしても誰が望んで行くものか。心の中ではしっかりと反抗の意を示しつつ椅子から身を起こした。

祖父は満足げな顔を浮かべると、一つうなずいて自室からヒョコヒョコと出ていった。置いていかれないうちに慌てて小柄な老人の後を付いていく。眠気が飛び始め、徐々に意識がはっきりするにつれ、平手打ちされた頬がジンジンと熱を持ち始めた。

このジジイ、やりやがったな。いつかこの手で息の根を止めてやるとはっきりと思ったのを覚えている。だけど心のどこかで返り討ちに遭うだろうなとうっすら思った。なんなら死んでもやり返しに来るだろう。祖父には逆らえない。死者も。父も。母も。そして僕も。


目の前を歩く小柄な独裁者を殺すのはやめにして、階段から蹴り飛ばす想像をするに留めた。

窓の外は薄暗い。死者たちが活発な時間は大体午前二時から四時だと祖父は言っていた。生者に匹敵する力を持つらしい。ずいぶん胡散臭いこった。

「通常は昼間にやるんだが、張り合いと刺激がないからな。今回は夜だ」

生き生きとした祖父が仕事用の羽織を着ながら、口を開いた。暗闇の中で赤みがかった瞳がこちらを向いた。

「地獄に落ちる条件って知っているか?」

僕は面倒くさそうに答える。

「そりゃ……。悪事を働いたやつじゃないのか？　人を殺したりとか、物を盗んだりとか」

祖父はそんな僕の様子を見て呆れたように鼻で笑った。

「二十点」。祖父は間髪容れずに続ける。

「人殺しも天国へ行けるんだぜ」

「じゃあ地獄は存在しないってこと?」

「いいや、あるさ」

どういうことだと怪訝な顔をすると祖父は続けた。

祖父は僕の耳元に口を寄せた。

『灰嶋、浄霊しに行くつもりだろ? そうなら頼むから僕たちが行くまで待ってくれ』

なんとなく切っていたスマホの電源を入れると天野からのメッセージが数件とタカミの着信が数件連続して入っていた。

少し考えた後、もう一度電源を切ってポケットに雑に突っ込む。期限ギリギリの定期を取り出し、急いで改札を抜けると階段を数段飛ばしで駆け下りる。一歩足を外に踏み出すと、とてつもない熱気が顔に当たった。

いまから会う人間は大事な人なのだから、誰にも邪魔されちゃいけねぇや。

タカミや天野にとっては大勢の死者の一人かもしれないが、こっちにとっては特に大事な人間だ。他人に立ち入らせていい領域ではない。タカミにも、天野にだって。これはおじさんの問題であり、俺が唯一助けになれるかもしれない絶好の機会なのだから。

階段を下りると、ジメジメとした熱気が頬を掠める。ものの数秒で汗ばんで張りついたTシャツがたまらなく不快だが、それでも足を緩めることなくぐんぐんと突き進む。

見慣れた通学路を抜け、コンビニ近くのビルのそばに佇む見慣れた背中へ声をかけた。あの男は同じような佇まいでピクリとも動かずそこに立ちすくんでいた。頭は血だらけで見るにも痛々しい。早くなんとかしないと。

「おじさん」

そっと春川のおじさんに話しかけたつもりだったが、まったくの別人だ。

「誰、だ?」

でも呻き声や風貌は聞き覚えがあるものだ。成本。タカミを殴ってた成本だ。小学校の時のガキ大将。あいつ、一体何を。

成本の身体が膨れ上がり、ドス黒い腕がこちらに向かって手を伸ばした。避けようと思ったが身体がうまく反応しない。足が接着剤で張りついたようだった。

掃除人の端くれとして死者と目を合わせるなと誉田やタカミに教わったのに、指どころか目線一つだって動かせやしない。そのおじさんから身体を離せと叫ぼうにも酸素を取り込むので精一杯でヒューヒューとした音しか出せない。靄のかかったどす黒い腕がこちらに伸びてきた。

号令がかかった直後、ランドセルを背負った同級生の背中を灰嶋はぼんやりと見送った。
その日は確かカンカン照りの日だった。
学校ではもう誰も気にかけてくれない。同級生も。それから担任も。
夏休みに入る数日前のことで、計画的な人間は授業で使わないであろう荷物をいくつか手提げ鞄に詰め込んでいるのを横目に見た。これであいつらは夏休み前最終日は何も持たなくてもいい。いいよな、あいつらは考える余裕があって。

クラスの中で孤立したという事実が重くのしかかって、何も考えたくはない。この忌まわしい学校から一刻も早く立ち去ること。そのことだけを考えていた。

教科書や配られたプリントをランドセルに詰め込んで足早に教室から出ると、教師の後ろをくっついて歩く仏頂面のタカミと目が合う。タカミとその担任らしき男は掃除用具を大量に抱えて階段を下りていく。

自分とは違ってハナから一人で、何も気にならないあいつはいいよな。……羨ましい。

そう思いつつ賑やかな教室から背を向けて帰宅をしようと足を踏み出した時にクラスメートから名前を呼ばれた。

「灰嶋、成本が呼んでるぞ」

クラスメートの抑揚のない呼び出しは死刑宣告のようだった。まったく心当たりがないとはいえ、嫌な予感しかなかった。

ここまで人に避けられてる中、かかわりを持ってる人間なんかそうそういない。

隣のクラスの「厄介者」。あの時声をかけるべきじゃなかったかもな。


いまとなっては自分自身がこのクラスの「厄介者」に成り下がってしまっていた。

話しかけるんじゃなかった。と、滲んだ後悔を押し込めつつ呼び出された場所へ向かう。一瞬、成本の呼び出し自体をフケようと思ったがやめにした。いまここで逃げたら余計事態が悪くなるのは馬鹿な自分でも理解していた。

見かけなくなったおじさんを思い出しつつ、成本に呼び出された場所に向かう。

昇降口から出て左に曲がった直後だった。やたらといかつい手に腕を掴まれ、校舎奥の日陰に引っ張り込まれる。誰だ？　そう思う間もなく顎に強烈な一撃を食らった。

成本。昇降口を曲がった校舎の角に成本は立っていたのだ。


再びゴッと鈍い音がして、鳩尾(みぞおち)に成本の拳がめり込んだ。途端にものすごい勢いで後ろに吹っ飛ばされる。そうだった。成本は身体が大きく力も強い。せり上がった不快感を吐き出そうとしたが、口から垂れ落ちるのは涎とわずかな胃液だけだった。

「お前、あのタカミの〝お友達〟なんだろ？　話しかけてたって噂になってたぜ」

友達。

………………友達？

オレとタカミが友達だって？　成本が真顔で、えづいているオレに影を落とした。まだ視界が揺れる。成本の言葉はぐらぐらと波打つ思考には届かない。イラついたように成本は続けた。

「ここに本人いないからさ、伝えておいてくれよ」

「……え？」

「妹を傷つけたからには許さないからな？　覚えとけってな」

「は？」

「だから！」

一体なんのことだ？　と、口を開く前にもう一度強烈な蹴りが飛んできた。

ぐぐ、と成本のバカでかいスニーカーが鳩尾にのしかかる。

……タカミ本人には手出しせず、なぜオレに？　オレじゃなくてタカミが本来はこうなるはずでは？　だってさっきタカミは掃除を一人でしていたはずだ。成本やその手下が声をかけるタイミングはいつだってあったはずだ。

そう考えた途端、あいつが「呪われた子」と噂されていたことを思い出した。その瞬間に無意識に口からこぼれ出てしまった。

「……呪われるのが怖いんだ？」

その瞬間、成本の顔が真っ赤になり、また執拗な蹴りが飛んできた。身体の臓器があちこち縮む感覚があり、うまく酸素を取り込めない。どうやら図星だったらしい。

「そんなこと思ってるわけねェ……」

そう声を荒らげた成本の言葉は途中で掻き消えた。突然のことだった。鈍い音がした数秒後、成本が顔面を押さえ、うずくまる。視界の端っこからモップが飛び出し、成本の額に命中したのだ。遅れて見慣れた背中が躍り出た。

タカミ。

あの厄介者が立っていた。モップを担いだままオレの身体を跨いだ。相変わらず服は洗いざらしでTシャツの襟ぐりが伸びていた。

「なら本人に直接話せよ」

こっちだって忙しいんだとタカミはつけ加えた。

灰嶋が一人で掃除をしに向かったという知らせを受けて教えられた場所へ急いで天野と駆け出

す。大国主は誉田に急いで話を伝えるべく、僕たちと別れた。

「お前さん方、頼むから無茶はしてくれるなよ」

念を押されたが、こちらは異常事態だ。約束はできない。僕よりも背が高い天野はだいぶ先を走っていたが、到着するころには少し後ろを走るようになっていた。

「倉原……！」

天野が誉田から託されたであろうモップを投げて膝をついた。以前の「掃除」以来だ。投げて寄越されたそれは普通より重い。


天野はスタミナ切れで動けないらしい。肩で息をしているのが見えた。正直こちらも限界だが、そうも言っていられない。投げられたモップを受け止めると急いで灰嶋のほうへ。焼けたアスファルトを蹴飛ばし、ぐんぐんと風を切る。

灰嶋の目前に黒い靄が迫っているのが見えた。プラスチックのケースの中に入った最後の桃久丸を口に放り込み、飲み下す。

「灰嶋、下がれ！」

叫んだが灰嶋はピクリとも動かない。なぜ動こうとしないんだと灰嶋の足元を見ると灰色がかった腕が灰嶋の脚を掴んでいた。男の腕ではない。細い女の腕だ。

急いで靄に視線を戻し、灰嶋の前に躍り出た。

「久しぶりだな」

黒い靄の中にかすかに成本の顔が見えた。天野から渡されたモップを成本めがけて勢いよく振り下ろす。ごり、と鈍い音が響いた後、嫌な感覚が手のひらに伝わった。

〝これが人を傷つける感覚だ、覚えておけ〟

ジジイ、こんな時までしゃしゃり出やがって。祖父の声ごと振り払うように間髪容れず、もう一度振り下ろす。最初は嫌悪感がまさったが、いまはなぜか心地良い。

数度振り下ろし、大国主から持たされていた酒と塩を男に振りかけると黒い靄から一人の男がまろびでた。黒い靄は人型になり、灰嶋の前に立った。

灰嶋のほうにも注意を払いつつ、手に載っていたモップを躊躇なく投げ捨て、男に馬乗りになり、じっと男の顔を見下ろす。

成本だ。こいつが全部の元凶だろう。灰嶋を巻き込んだのも、祖父の写真を見せ物にしてメールで画像をばら撒いたのも、自分がいままでこうして孤立したのも。

憎い。

憎い。

憎い。

「生きてる人間にアホほど迷惑かけておいて、お前は満足だったたか?」

成本は答えない。胸ぐらを掴んで引き寄せる。

「さんざん迷惑かけたやつに、死んでからいまさら頼ろうなんて虫がよすぎないか？　おい」

成本は依然として唇を引き結んだままだ。このまま挑発を続けて無理やり地獄の世界に落とし込むのも悪くはない。大体の祓い屋はA地点からB地点の移動を手伝うだけだ。その場から引き剥がすにしても、丁重に天国へ案内するにしても、地獄に落とすにしても変わらない。

以前祖父がやっていたように何も説明せずに掃除をして、この男を「意図的に」地獄に落とすことはできる。憎しみが止まることを知らずに溢れ出し、力に変わる。


僕はこいつが不幸になるところを見たい。


ここには誉田もいない。大国主もいない。灰嶋も手一杯だ。そばで呻いている親友のことがどうでも良くなった。

高揚感で身体が満たされドクドクと脈打っている。僕はいま目の前にいる成本を不幸にできる。この手で。そして確実に。

もう一度殴ろうと右腕を振り上げた時、高穂が耳元で楽しそうに笑った。ガサガサしたしわがれ声がすぐそばで聞こえる。

〝今度こそ地獄に落ちる人間をお前の目で確かめることができるな〟

08　掃除完了

「例の掃除」自体は正直あまり覚えていない。

「この女は何人も巻き込んでるからな、用心しとかないとイカンな」

そう言いながら祖父は不動産屋から借りた鍵を使い、部屋に滑り込むと、テキパキと場を整える。そっと部屋を抜け出そうとしたら、ゴツゴツした手がシャツの襟ぐりを掴んだと思ったら、再び脳天に衝撃が走った。

「仕事をせずに帰るつもりか、ええ?」

祖父が凄むので、これ以上暴力を振るわれないうちに渋々祭壇を作る。手渡された白い小皿に日本酒を注ぎ、米や塩を盛って、女を別の場所へ送る手筈を整える。

行き先は地獄だなんて当の本人は知る由がないだろう。自分の目には視えないが女は確実にここにいるらしい。

祖父がそっと肩を掴んで僕を部屋の隅に座らせた。

「しばらく床を見てろ、背筋は伸ばしとけよ」と言い、目隠しをするように白い絹を巻いた。

「お前さんに入り込まれると厄介だからな」と言いながら、こちらに塩を振りかけて日本酒の残りも振りかけた。

酒臭さに顔をしかめているうちに祖父が祝詞（のりと）を唱え始めた。初めは何も起こらない。きっと霊感のない自分は何が起ころうとも気づかないだろう。

朗々とした祖父の声が部屋の中に響き、線香の香りが鼻を掠めた。目は隠されてはいるが、白い布は薄く、ぼんやりと祖父の輪郭が透けて見える。いまここでこっそり寝てもバレないだろうなと目を閉じると、部屋の隅がギシギシと音を立て始めた。

驚いて顔を上げると祝詞を唱える祖父の目の前、ロフトの鉄柵に黒い人影が見えた。慌てて床に視線を戻す。

これは現実じゃない。これは違う、違う……。

瞼を閉じ、その場をやり過ごそうとした。その時に耳元で生暖かい息遣いが頬を撫でた。祖父ではない、人ならざるものがいままさにそばにいる。ふざけるな、冗談じゃない。普段視えないくせにこういう時だけ都合よく視えやがって！　早く終われ、早く終われ！

早く早

く早く……！

握りしめた拳は手汗で湿り、助けを求めるように祖父に視線を向けたが目の前にいるのは祖父ではない。

女、女だ。女が僕の顔を覗き込んでいる。視界に入るのはそれだけじゃなかった。年配の男性も若い女性も男性もいる。あらゆる年齢の人間がいまこの狭い空間にひしめき合っていた。皆一様に僕のほうを向いている。その瞬間かすかに生温い風が吹いた。

慌てて目を逸らしたが遅かった。目を瞑り、顔を伏せたが人影はこちらへじわじわと近づきつつあった。もうお終いだと思った瞬間、黒ずんだ人影は一つ残らず消えていた。祖父も静かだ。祝詞も唱えていない。

祖父が満面の笑みでこちらを見ていた。

「仕事が終わったぞ」

「掃除」が終わった後も、心臓がバクバクと暴れ回ってた。なんだよ、僕は視えないんじゃなかったのか？　死者に対面した恐怖なのか、死者が視えてしまったということがショックなのか自

分でもよく分からない。恐らく後者なのだろう。

落ち着け、落ち着け。きっと一時的なものだ。きっと普段は視えないし、きっと将来は別の職につくに決まってる。

あれこれと思考を巡らせていると、祖父がなんと言おうと僕は捕まりはしない。

「いずれ善悪の全ては我が身に還る」

そう言い放つと祖父は袖をまくって僕の目の前に拳を突き出した。突き出された腕をよく見ると、強く握りしめられたような赤い手形で隙間なく覆われていた。これはなんだと聞き返すような顔を向けると、祖父は業が深くなった証拠だと笑った。

「本来は長い時間をかけてあの女を説得すべきだったのさ。掃除人の掟に反するとこうなる」

「でもアイツはたくさん人を巻き込んだろ？　当然の報いじゃないか」

僕は瞼の裏に、巻き込まれて亡くなったであろう無数の人影を思い浮かべた。あの女に無性に腹が立っていたのだ。こちらの様子に気づいた祖父は窘めるように屈んで目を合わせた。小さい子に説明するみたいに。

「報いに関してはお前が決めて良いことじゃぁない。当然ながら俺もだ」

「その言い方だと悪意を持つようなやつも助けろってこと？」

祖父は考え込んだまま口を閉じた。

どうしても気がかりだった。地獄に落とすと言い放っていた祖父は至って普通の祝詞を唱えていた。それこそいつも行う案内のように。

「……それから、普通の祝詞と説明だったのに、あの女はどうして地獄なんかに……？」

「ただの説明に怒りだす人間はごまんといるってことだ。親切な説明を命令や攻撃に感じたり自分の生き方の否定に感じて、ああやって暴れだす人間だったのさ。巻き込まれた人間だって大体が似たようなモンだよ」

そう言い放つとしばらく祖父は顎をさすって無言で歩いていた。僕も無言で数歩下がって続く。祖父がふっと息を吐いて、くるりと身体を翻してこちらに向いた。いきなりのことで思わずつんのめった。高穂がまっすぐに見据えてこちらを見た。

「助ける、助けないはお前さんの好きにすればいい、だがな覚えとけよ。助けを必要としているヤツは可哀想に見えるヤツじゃない」

どういうことだと訝しげな顔をすると高穂はこう言い放った。

「助けが必要な人間ほど、助けたいと思う身なりをしていないし、大多数がどうしようもない性格の人間が多いって話さ」

「どういうこと？」

「アイツらのいまの心持ちだと地獄に落ちてしまうということはハナから知ってたさ。生きている人間の都合で無理やり退かしたからこうなるってワケよ」

わけが分からないという風に首を捻ると祖父は困ったような顔をして笑った。

「どんなヤツも接する時は善人の前提で扱えってことだ」

祖父は一呼吸置いて続けた。

「誰も助けたがらないヤツがいちばん可哀想な人間なんだ」

そう言ってくしゃくしゃと僕の頭を撫でた。

成本はこちらの顔を見て気づいたらしい。一瞬だけ目を見開くとぐったりと項垂れた。僕は確かにこいつが不幸になるところを見たかった。

もう一度拳を振り上げようとした時に、分厚い手が頭を撫でた気がした。驚いて思わず掴みかかった手を緩めた。

ジジイ？　……いや、まさか。

成本は覚悟を決めたような顔をして顔を背けていた。誰かが頭をくしゃくしゃと撫でた後、その手はすぐに離れた。ぼんやりとした温もりだけが残っている。ジジイ、たったいま分かったよ。

「いまからすることはお前のためじゃない。僕のためだ」

目を瞑って、もう一度繰り返す。僕は祖父のようにならない。僕は祖父じゃない。祖父にはならない。

「お前のためじゃない」

一呼吸置いて成本を見下ろした。

「……それから、ジジイの死体の写真をばら撒いたことも僕は知ってる」

「…………」

「アンタがやってきたことを許せるかと言われたら、いまでも許せない。正直助けたくないさ。でも……ジジイと一緒の選択はしたくないんだ」

そう言って成本の目をまっすぐに見据えた。胸ぐらからゆっくり手を離すと、すぐに教えられた祝詞を唱える。本来は長々と正式な説明をするが今回は略式で。成本はそれを聞いて少し戸惑ったような、諦めたような顔をしていた。

「まぁ、それが結果的にアンタのためになったかもしれないけど」とつけ加えた。

音もなく数人が成本を取り囲んだ。成本の祖父と思われる老人や、顔つきがよく似た親戚が僕たちを取り囲んで見下ろしていた。いつも通り案内人が扉を開け、それに従って親戚の人たちに促され成本も扉の内側へ入っていく。

最後に案内人がこちらに向かって一礼し扉を閉めた。扉から漏れた一筋の光がたなびいて空に溶けていく。

祖父や父は何度もこの光景を眺めていたのだろうか。祖父は掃除をし終えた時、どんな顔をしていたっけか。微笑んでいたような気がするが、静かに祖父の顔を追い出す。

今回は祖父はいない。七海もいない。この場にいるのは灰嶋と灰嶋の歳の離れた友達だけだ。

いつもより少し低い灰嶋の落ち着いた説明が聞こえる。「灰嶋、どうだ？　いけそうか？」と振り返った時、視界の端に火の粉がチラついた。いったいどこから飛んで来るんだ。振り向いた瞬間、一面が赤黒い景色に変わった。灰嶋の声が震えた。

「タカミ……どうすりゃいいんだ」

チリチリと喉奥を焦がすような熱風が辺り一面に吹き荒れた。息を吸い込もうとすると喉が焼けつくような感覚を覚え、慌てて鼻と口元を腕で押さえる。

なんだ？　いったい何が起こったんだ。目をすがめてよくよく見ようとする。

灰嶋が浄霊しようとした男の背後に赤黒い光が見えた。禍々しいその光は男の背丈くらいの高さまで伸びて、少しずつ火花を散らしながら広がり始めていた。俯いた男の顔は逆光で未だよく見えない。男の影が少しずつ伸びていき、灰嶋の足に届く。

「灰嶋！」

影から亀裂が走り、地面から熱風が噴き出した。動かない灰嶋を体当たりでその場所から引き剥がしにかかる。足がもつれバランスを崩し、コンクリートの道路に倒れ込もうとも眼前に広がる光景の灰嶋は依然として男のほうを向いたまま目を離そうとはしない。

いつもの浄霊の様子とはまったく違っていた。いつもの清々しい草原や、案内人らしい人間が見えない。身体を動かそうとしてもまったく身動きが取れず、その光景を僕たちはただただ眺めた。——これは地獄だ。

「おじさん……！」

待て。待ってくれ。灰嶋はきちんとやっていたろう。どうしてこんなことに。その時ふと、掃除人の掟を思い出した。

——死者に必要以上に干渉してはならず。助けを求めた者のみ与えよ。さもなくば代償を——。

目を見開くと火の海が広がっていた。

灰嶋が正面を向いたまま、男だったものに駆け寄ろうとしたのが見えた。

「灰嶋！　よせ！」

赤黒く光る地面の割れ目から錆びついた鎖や黒い焼け焦げたような手が飛び出した。男に巻きつき、赤黒い地面に少しずつ引き込まれていくのが見える。慌てた灰嶋は男に手を伸ばす。鎖は男だけではなく灰嶋にも巻きつこうと伸びてきた。

男は言った。

「……ない」

「え？」

「俺は助けてくれなんて、一言も頼んでいない。……俺は言ったよな？　全部くたばるのを見届けたいって」


男の目だけが逆光の中、ぎらりと光って見えた。灰嶋が一歩後ずさったのを男は悲しげに見た。

「結局、ハイジマ君は俺を可哀想なやつだと決めたんだな」

「……そんなこと」

「思ってるさ。だからここに来たんだろう？」

「違う、違う……！」

「いいや、違わない」

「だったらハイジマ君は一緒に不幸になってくれるのか？」

男は続けた。

「きっと君は死なないでほしかったと、この期に及んでおためごかしを言うだろうさ。

君は俺が抱えてる問題を解決してくれるのか？

君はクソみたいな人間関係を改善できるのか？

君は金や生活の工面をしてくれるのか？

君は死んだ恋人を生き返らせてくれるのか？

……な？　何もできやしないだろ？」

灰嶋は何も言えずに立ちすくんでいた。……まずい。男の空気に呑まれている。とにかく灰嶋をこの場所から遠ざけないと。

「君の生きていてほしいなんて言葉、なんの足しにも力にもならないさ。……ああ、それから俺は可哀想な人間じゃない。俺を不幸だと勝手に決めつけないでくれ」

男が灰嶋に向かって手をかざした。灰嶋は一瞬身をすくめると、目を見開いた。

金縛り。

「邪魔しやがって邪魔しやがって邪魔しやがって邪魔しやがって邪魔しやがって邪魔しやがって邪魔しやがって邪魔しやがって邪魔しやがって邪魔しやがって邪魔しやがって邪魔しやがって！」

男が叫んだ。

黒い焼け爛れた手が地面から灰嶋の足に絡みついていた。男は右手をかざしたまま横に勢いよく振りかぶった。

「俺のために、くたばってくれ」

男が言い放った瞬間、灰嶋めがけて鎖が飛び出した。足元の血溜まりにくずおれた高穂が見えた。高穂がゆっくりと口を開いた。

〝お前は、誰も助けられない〟

じいさん。こんな時までご丁寧に。

視線を足元から無理やり外して目の前の灰嶋へ。急いで数歩先に立つ灰嶋の目の前に飛び出すと、驚いた灰嶋がバランスを崩し背中から倒れ込んだ。

影帽子のようにゆらゆらと立つ男の足元から鎖が飛び出した。その鎖は僕の左腕に絡みついた途端、ミシミシと骨が軋んで鈍い音を立てる。鈍い痛みが走り、思わず唇を噛み締めると、そのまま前のめりに倒れた。受け身が取れずに頭を打つ。

灰嶋は倒れた衝撃に顔を歪めて呻いている。鎖はまだ灰嶋に伸びている。まだ動く足で鎖を払い除け男を睨んだ。

駄目だ、ここで倒れては。目だけは前方の男を捉えたまま離さない。右手で地面のアスファルトをぐっと掴んで身体を起こす。頭を打った時にどこかしら切ったのか、血液が髪の毛を伝って地面に黒いシミを作った。

男は割れ目の中へ足を踏み入れようとしているところだった。

こちらを見ずに右手をひらひらと振って、吐き捨てるようにつぶやいた。

「またな、ハイジマ君」

◆◆◆◆◆◆◆◆◆

死者がいちばん活発になると言われる深夜二時。静かな住宅街には二人分の足音が響いた。もしかしたらここには、視えざる者がいるのかもしれない。

高穂は金が絡まない死者には決してかかわらないが。あれこれと考えながら高穂の背中を追いかける。

依頼を終えた高穂は上機嫌な様子で口を開いた。

「タカミ、地獄に落ちる条件は考えたか？」

早朝の住宅街を吹き抜ける風は夏場であろうと肌寒い。身体を縮こめつつ、大股で足早に歩く祖父になんとか追いつこうと足を動かす。

「考えていない」

足早に歩いていた祖父が、急に立ち止まる。思わずつんのめりそうになりながら祖父を見上げると、そんなことも知らないのか、と呆れたような顔で僕を見下ろしながら肩をすくめた。

「どんなヤツが地獄に落ちるかって？　そりゃぁ気持ちが重いヤツだよ。単純明快だろ？」

僕が納得いかないといったしかめっ面を見せると、けらけらと笑って祖父は続けた。

「いつまでも怒っていたり恨んでいたり、泣き喚いていたり感情がクソ重いヤツは悪霊になるし、そういうヤツは天国と呼ばれる場所に無理やり引っ張っていっても地獄にしちまう」

「なんだよ、この世でもあの世でも迷惑かけられたほうはやられ損じゃん」

「そうだ」

祖父は目を固く瞑って一つうなずいた。

「俺たちは来るべき不幸がなくならない限り、失ってばっかりなのさ。――まぁ、今回は金も積まれたし、先方の要望もあって無理やりにやっこさんをその場所からどかさにゃならない。本来はリスクもあるし断る仕事だが『求められてる』からな。やるしかないんだこれは。ここは生きてる人間の世界である以上、死者の都合なんて二の次三の次、だ」

「めんどくせー」

「要はバランスさ」

思わず漏れ出た僕の言葉に祖父は苦笑いを返すと、再び前を向いて歩みを進めた。

「感情ってのは人が思うより厄介なんだ」そのまま祖父は続ける。「だから掃除人ってのはタイミングが命なのさ。あらゆる物事には定められた順序があって、期待された役割があるのさ。それは俺もお前も例外ではない」

そうはならないと否定をしようとしたが、祖父が口を挟ませずそのまま続けた。

「これは簡単に投げ出せたり逃れられるものじゃない。全てのものがそうだ。俺が見てきた限り人生の落伍者ってヤツァ、これを読み違えることが多い。

哲学者の誰だかが言っていた言葉だが、俺たちがすることは与えられた役割を全うすることだ。俺たちはハナからなりたいものになんかなれやしない。まぁ、なんというか、アレだ。詰まるところ、なれるものにしかなれないんだ」

僕は掃除人になるつもりはないと言い返そうとした時、祖父はこちらを振り返るとさらに続けた。僕に拒否権はない。祖父の目はギラギラと光っていた。赤みがかった双眸が僕を捉える。

「断言していい。お前は野球選手にはなれない。料理人にも、画家にもプログラマーにも整備士にも警察官にもな」

言い返そうとした口を祖父が手のひらで押さえて胸ぐらを掴んで引き寄せた。身動きが取れない。目線だって外せない。クソッ。せめてもの抵抗で祖父を睨み返した。祖父はニヤリと笑った。

「これはお前自身が自覚していると思うし要らんお節介だが覚えておけよ。お前にただ一つ向いてる職業は祓い屋だ。弟子になりたいと抜かすやつがかつて何人かいたが全部蹴った。理由はお前だ。お前はいちばん俺に似ている。俺は絶対に甘やかさないからな、タカミ。

お前は祓い屋であることに自覚を持て。断言するが、いつか必ず、視たくなくても視える時が訪れる。必ずだ。お前がやりたがらなくとも、俺は逃さないからな」

学校の中でいちばんガタイがいい成本が殴られているのをただ見ていた。
タカミは小柄だ。あの老人とよく似ている。だがこの場を支配しているのは紛れもなく隣のクラスの厄介者だった。タカミは腰を抜かした成本にまた一歩近づき、ゆっくりとモップを振り上げた。

成本は目を見開いて立ち上がると、何も言わず慌てた様子で走り去った。成本はチラリともふり返らなかった。タカミがその様子を見やると灰嶋のほうを見下ろした。強すぎる逆光で表情は見えない。

何か言ったほうがいいもかもしれないと思い、タカミに疑問をぶつけてみた。

「なんで助けたんだよ」

「お前こそなんで殴られっぱなしでやり返さなかったんだよ」

「……やり返したら同じ土俵に立っちまうって言うだろ？」

タカミが「は？」と顔をしかめた。お前それ本気で信じてるのかって顔だ。

「アンタ、アイツに同じ土俵にすら立たせてもらえてないって分かってるのか？」

言葉に詰まったオレにかまわずタカミはぼんやりと校庭を眺めながら言った。

「別に立ちたくなけりゃ、それでもいいけどな」

タカミは黙りこくったオレを見てから、「どっちでもいいけど」と投げやりにため息を吐いた。それから壊れかかった掃除道具を拾い集めると「先生がそのうち来るから離れたほうがいい」と言いながらのろのろと歩きだした。

「おい、待ってくれ」

まだ何か用があるのかとタカミは面倒くさそうに振り向いた。

ざあざあと雨が降りしきる朝。灰嶋は自分の教室に向かうべく上履きをつっかけて階段を二段飛ばしで駆け上がる。

おじさんの言う通り、案外あっさりと友達になれるんだな。

タカミが友達になった。

ランドセルが軽い。上級生を堂々と敵に回してしまったのにもかかわらず、だ。タカミが箒を振り上げ、上級生の頭をいままさにかち割ろうとしていた瞬間を思い出して少しだけ口元が緩んだ。あの成本の戸惑った顔は愉快だった。だっていけすかないやつのあの顔だぜ？

……報復はあるだろうな。でも不思議と怖くない。タカミと一緒だったらどんな相手にも立ち向かえる気がした。オレは最強の相棒と居場所を見つけちまったぜ、吉野よ。

ふはは、と笑いながら教室に足を踏み入れた。

足を踏み入れた瞬間はまったく気がつかなかったが、ひんやりとした雰囲気に思わず身をすくめた。だがおかしい、何かが決定的におかしいんだ。

一体何があったんだと思わず顔をしかめる。

いつもは腫れ物に触るような態度のクラスメートが、自分を無視してある一点を凝視していた。教室の中央にある人だかりにそっと近づくと、みんなが見ていたものに気づいた。

教室の中心に数人が固まって、一つの画面に注目してるらしい。その中で気の良いやつがこちらに画面を傾けて見せた。その顔に笑顔はなく、本気でこちらを心配しているような面持ちだった。

「灰嶋、アイツは本当に呪われているぜ」

……アイツ？　アイツはどっちのほうだ？

じいさんのほうか？　それともタカミか？

返事はせず、目をすがめて画面をよく見ようとした。自分のほうへ傾けられた画面を覗き込む。

一緒に覗いていた数人が一斉にこちらを向き、反応を見ようとしていた。

「成本先輩から送られてきたんだ」

画面を見た瞬間、全ての音が聞こえなくなった。

死体。

画面に映っていたのは、血溜まりの中で身体があちこちが折れた老人の死体だった。

倉原高穂の葬儀は雨が降っていた。

とにかくやたらと忙しなかったのを覚えている。僕は棺桶を眺めていた。

身内のみの葬儀だけあって、人は数えるほどしかいなかった。自宅の中でいちばん広い部屋の奥に祖父の棺桶があった。

死後硬直が始まった祖父の亡骸は、父と葬儀会社の男手数人で無理やり蓋をして見送った。蓋を閉じ切った時、棺桶に額をつけて父が溢した。

「……約束通り跡を継ぐよ。ただしこれっきりだ、親父」

こんな時、どんな顔をすればいいのか分からない。葬式に出るのは初めてのことだったが、これといって感情は動かされなかった。落胆や怒りや、それまでに高穂に対してつもりに積もった未消化の恨みや辛みがない混ぜになっていて、涙はまったく出なかった。

ただ「祖父の声が聞こえなくなった」という一点のみほっとしていた。

父の丸まった背中を眺めていると、後方から母の焦った声とがなり立てるような男の声が聞こえてきた。声の主の姿はこちらからは見えない。

初老の男は静止する母を振り払って、祖父が入った棺桶に一直線に向かっていく。父が慌てた様子で僕の腕を引き寄せ、自分の背中へ隠した。

男は荒い息で白い封筒を投げつけると、焼香の灰を鷲掴んで棺桶に投げつけて叫んだ。

「……ッ！　お前ッ、お前のせいだぞ！」

すぐにスタッフが駆けつけて男を取り押さえると、叫ぶ男を引きずるように部屋から出した。

男が出ていき、再び静かになった部屋で父はまた溢した。

「七海の祖父さんだ」

父は静かに灰だらけになった棺桶に手を置いて俯いた。

「オレは掃除人の稼業はしないからな」

厄介者から「除け者」へ。

とうとう、ご近所やクラス内でも悪戯らしい悪戯さえ消え失せた。祖父が死んでもなお、この場所に留まり続けるのはなぜなのか。

祖父が死んで地獄が終わるわけではなかったのだ。

祖父が死んで以降、僕、倉原タカミへの眼差しはしばらくつきまとっていた。

あの家族にかかわってはいけない。本人がいるにもかかわらず、聞こえよがしに言った。家族内の最悪の厄介者は、消しきれない爪痕を残してこの世を去ったのだ。

辺りは焼け焦げた匂いで満ちていた。
春川のおじさんはもういない。あの女も。目から溢れ出る涙を拭おうとも、次から次へと流れ出てくる。元通りの景色が、なんだか辛い。

「……タカミ」

タカミのほうを見やると、口から血液の混じった涎を垂らしながら左腕を押さえている。

これは、夢か？

いいや、夢じゃない。

思い切り打ちつけた背中の痛みが現実だと知らせている。目の前でタカミが苦痛に顔を歪めて、アスファルトの上でうずくまった。

「灰嶋！」

遠くから天野が顔面蒼白でこちらに駆け寄ってくる。その後ろから誉田も走り寄るのが見えた。

オレの目の前に立つと怒気を孕んだ声で口を開いた。

「この大馬鹿者め」

09　エピローグ　捨て駒

タカミはちらりと腕を見やった。生乾きだった傷がふさがりはじめている。

僕は死んだら地獄に落ちるのかもしれない。灰嶋の友人の掃除以降、あの光景が瞼の裏に焼きついて離れない。

僕はあの男と大差はないように感じた。心のどこかで祖父の死や成本の不幸を喜んでいる。ぼんやり考えながら窓を開けようとした。

ここは誉田が掃除人の学校を造ろうと意気込んでいた場所である。近所の裏山で我が家と七海の家のちょうど中間地点にある小さな山の中。誉田はここに校舎を造ろうとしているようだった。「仕事がある」と言っていたのはこのことだったのか。冗談だと思って聞き流していたが、どうやら本人は冗談で済ますつもりはないらしい。プレハブ小屋の窓を開けると蒸し暑い風が滑り込んできた。

汗で張りつきつつあるTシャツをバサバサとあおぎながら灰嶋が近くの机に腰を下ろした。

「椅子に座らず、こうやって机に座るやついるよな」

「だから、どうしたってわけではないだろ」

灰嶋は静かに窓の外を眺めていた。灰嶋も額やシャツから伸びた腕やらにガーゼが貼られていて痛々しく見えたが、こちらはギプスをはめている。仲直りの意とほんのり文句を滲ませて灰嶋の肩を突いた。心なしか灰嶋の背中はいつもよりふた回りくらい小さい。

「灰嶋のおかげでこの夏のバイト代が吹っ飛んだんだ」

「……は？」

「ゲロの借りの話だよ。これはお前が壊した壁のバイト代の働きだと思うな」

「せいぜいラーメン三杯分だろ」

「ずいぶん手厳しいな」


誉田たちが造ろうとしている学校は施工が始まったばかりだった。灰色の作業着を着た数人が向こうで材木を運んでいるのを横目に、僕は持ってきた課題集を開いた。

夏休みなのに僕はなんで蒸し暑い学校（仮）にいるのだろう。そもそも死者を助ける学校を作ったって、やりたがるやつなんていないだろうに。そう思いつつ灰嶋の視線の先を見た。

灰色の作業着。

灰嶋は友人を連れ戻すために地獄に行く気なのだろうか？　「掃除人をやめろ」とはもう言えなくなってしまった。自由の利かない左腕で参考書を押さえて課題集を解き進める。

ページの半分ほど解き進めたあたりで誉田がプレハブ小屋の戸を開けて入ってきた。

間延びした声で誉田が言った。

「調子はどうかの？」

「順調にクソを極めているさ」

口が悪いと言って誉田は扇子を畳み、僕の頭をはたいた。まったく痛くない。

「クソだよ、クソ。クソクソクソクソ」

「おぬしは、あの老人そっくりに育ったのお」

いまのはちょっと痛い。

「罰として反省はきっちりしてもらおうぞ」

笑顔で「反省文を書いてもらおう」と僕と灰嶋の机に紙を置いた。

一度言ってみたかった台詞じゃ、と言いながら窓の外を眺めた。窓の外は忙しなくの作業員たちが行ったり来たりを繰り返している。

ため息をつくと渡された用紙を埋めにかかる。窓の外を眺めていた誉田がのんびりした口調で話し始めた。

「おぬしたちが浄霊しようとした人間は、実はあの場に三人いたんじゃ」

は？　という顔で隣の席の灰嶋が誉田のほうを向いた。誉田はゆったりとした歩みで灰嶋が座っている席の目の前まで来ると、パイプ椅子を引き寄せて静かに座った。

「まずはおぬしの友人、それから成本という男。それから……」

誉田は目を伏せて言おうか言うまいか迷ってるそぶりだった。反省文を書く手を止めて耳を澄ました。灰嶋の足に絡みついていた手。あの女性の手だろう。……いったい誰だ？

「成本の姉であり、おぬしの友の恋人であった女、じゃ」

「……おじさんの恋人？」

「そうじゃ」

「あの女が」

「事故を引き起こし、友を地獄に引きずり込んだ」

誉田が間髪容れず灰嶋の続きを引き継いだ。灰嶋の様子は見えない。僕の目の前には真っ白な反省文用の用紙だけだ。縁が強いほどこうして引きずり込まれやすいのじゃ、と誉田はさらに続けた。

「あの女が憎いか？」

「……分からない」

しばらく灰嶋と誉田は無言だった。灰嶋は口を開いた後また閉じてしばらく考え込んだ。

「でも、おじさんが愛した人だろ？　オレはおじさんだけ助けることはしないと思う」

「地獄にいる者を引っ張り上げるのは並大抵の者じゃ務まらぬぞ？」

誉田は灰嶋の目を見て答えた。灰嶋が「絶対に連れ戻す」と答えると、誉田はかすかに微笑み椅子から立ち上がり、窓の外を眺め始めた。ここは誉田が学校を造ろうと言い放った土地だ。正確にはまだ私有地のはずだが。

「勝手に私有地に建物なんか建てちゃって大丈夫なんすか？　違法すよ、違法」

考え込んでいた灰嶋が誉田のほうを向いた。

「いいのか？　勝手に建てたんだろ」

僕は額をさすりながら誉田を睨んだ。

「違法だ、違法」

「合法じゃ」

僕の言葉にどこ吹く風という顔をしながら袂をごそごそと漁り始めた。僕と灰嶋が訝しげな顔をしていると、綺麗に折り畳まれた紙を取り出し、僕の真っ白な反省文の上に置いた。渡された紙を開くと灰嶋が身を乗り出して紙を覗き込んだ。名義人の名前。倉原志高。父さんじゃないか。

「正確には高穂の土地じゃったが、おぬしの父君が引き継いでおる」

僕が何かを言おうと口を開きかけた時に扇子で制すると、「ちなみに許可をもろうておる。不束な息子だがよろしく頼むと」

「くっそ」

灰嶋が声を殺して笑い始めた。……コイツ。

「そろそろ、新生の掃除人のお披露目だ。よろしく頼むぞ」

二人の男は校舎へと続く足場が悪い林道を姿勢を崩さずに歩く。辺りは薄暗く当然ながら舗装はされていない。

大国主の後ろを歩く銀髪の男は本当に学校なんかあるのだろうかと思いつつ、頭の後ろに腕を組んだ。鬱蒼と並ぶ杉の木の群れから漏れた夏の日差しがチラチラと顔を照らす。

日陰とはいえ夏場の強烈な日差しは健在だ。せめて涼しい風が欲しいと思ったところに、背中を生温い風が撫でてゆく。汗ばんだ背中や頸を少しだけ冷やしていった。舌打ちしながら男は先へ進む。イライラした様子で男は前を歩く大国主へ向けて抗議をした。

「待遇は良いとはいえ、なんでオレが乳臭いガキどもとガン首並べて指導しなきゃいけないんすか。クラスくらい分けてくださいよ。年下嫌いなんで」

「申し訳ないが、分けるほど人数がいないんだ」

「……最悪」

苦笑いしながら大国主は後ろをちらりと振り返り、それとなく尋ねた。

「それは地毛か？」

「あはは、まさか。知り合いのダチに染めてもらったんすよ。いいっしょ？」

開けた場所に出ると風が吹いた。建設途中の建物の手前に少し大きめのプレハブ小屋がある。窓の奥に生意気そうな少年二人が見えた。一人は小柄で、もう一人は長身だ。

小柄なほうがこちらに気づき、ふいと視線を外した。その様子を見てから銀髪は大国主と名乗る男のほうへ身体を傾けて笑いかけた。


「アイツらどうせ捨て駒扱いだろ？　死に損ないどもめ」

END

著者プロフィール
河原 駿河（かわはら するが）
宮城県出身。仙台市在住。
著書に『掃除人のタカミ』（2019年　文芸社）がある。

掃除人のタカミ 2　After school Heroes

2023年 6 月15日　初版第 1 刷発行

著　者　河原 駿河
発行者　瓜谷 綱延
発行所　株式会社文芸社
〒160-0022　東京都新宿区新宿1－10－1
電話　03-5369-3060（代表）
03-5369-2299（販売）

印刷所　株式会社フクイン

ISBN978-4-286-23345-1